文治
© wénzhì books

更好的阅读

流沙河讲古诗十九首

流沙河 著

四川文艺出版社

绪言：什么是“古诗”？

各位朋友，我们又见面了。

光阴过得快。我记得我们讲完《诗经》的时候，还是热天，不知不觉之间，三伏天已经过完，天气凉快了。光阴就是这样，在寒暑之间，悄悄地就离我们而去，苏东坡说是“却不道，流年暗中偷换”，对一个诗人来说，也是让人很感慨的事情。我记得我当小学生的时候，唱过一首歌，是音乐课老师教的，名叫《秋风》，是黄自谱的曲，李叔同先生（就是弘一法师）填的词，歌词非常简单：“去年我离开你们，你们正穿新棉袄；今年我来看你们，你们变胖又变高。你们可曾记得，池里荷花变莲蓬？花少不愁颜色，我把枫叶都染红了。”非常好的一首歌，小学娃娃一学就会，记了一辈子。

伏天以前，我们从《诗经》里面选了八十多首诗，讲了十九讲。现在我们开始进入汉代古诗。为什么不直接就开始讲唐诗呢？这是因为，从《诗经》到唐诗，这个时间跨度太大了，它中间有一个过渡阶段，就是汉代以来的“古诗”。我们要读了这些古诗，才能大体了解从《诗经》到唐诗所经历的变革。

《诗经》基本上是四字一句的“四言诗”，而唐宋以后的诗歌，基本上是五言或者七言。从四言诗过渡到唐宋以来的“近体诗”，这中间有一座重要的桥梁，就是西汉时期兴起的五言诗。五言诗虽然只是每句比四言诗多一个字，但多了一个音符，多了一个词位，因而能表达更丰富的内容。五言诗的代表作，是《古诗十九首》。当然，五言诗并不是从这十九首古诗开始的，早在它们之前，西汉的李陵、苏武等人就写过五言诗了。但《古诗十九首》是五言诗作为一种成熟的诗歌体裁的代表，历来对它的评价都是很高的。

《古诗十九首》，大部分完成于东汉时代。当初那些诗人们写这些诗的时候，并不叫“古诗”，就叫“诗”。这个名字是进入六朝以后，后人搜集、编纂前代诗人的作品，把它们编入《乐府诗选》的时候，给它们取的。因为这个时候距离这十九首诗的出现，已经过去百年以上了，所以编纂者就把这些诗歌叫作“古诗”，以区别于他们自己所生活的时代的那些诗歌。经过这个命名，《古诗十九首》的名字就定下来了，从南北朝一直沿用至今。

把这些诗命名为“古诗”，是很准确的。因为从那以后，主要是在隋唐时代，诗歌从内容到形式都发生了极大的变化，连诗歌的名称都变了，叫“近体诗”。所谓“近体”，就是指发端于南北朝末期、从隋唐以后流行起来、有固定格式的诗歌，它们和古诗在格式上的最大区别，就是诗歌的格律变严格了，多了很多规矩和限制。

在南北朝时代，发生了中国文化史上一件很大的事情，就是佛经传入中国，需要翻译。佛经的原文是用印度的古代梵文写的，一个字有很多个发音，非常之复杂，这就促使我们反过来审视中国文字发音的独特性。刘宋时期的沈约，由此发现了汉字的“四声读音”，即一个字有四种声调，并且由此总结出声调的“平仄之分”，发现它们对汉语的音韵美起着很重要的作用。这是古诗写作的时代所没有意识到的，《诗经》的时代就更没有这些知识。这些声韵上的新发现引入到诗歌的创作中，就促成了隋唐时期诗歌音律的严格化，对诗歌的音韵结构，包括其中文字的表现形式，从音韵美、形式美的角度，做了许多格式化的新规定，这就是“近体诗”格律的由来。

本来，从《诗经》到六朝以前，诗歌都是要讲究格律的，但格律非常宽松，近体诗用严格的格律把诗歌束缚起来，也可以说是把诗歌武装起来，使诗歌内涵的音韵之美、音乐之美，得到格式化的表达，这种格式化的东西，就是近体格律，它对诗歌的音韵规定要严格得多。如果用近体诗的格律来看古诗，有很多在形式上都是不合格的。当然，我们不能用后人定的办法去要求前人，只能说是从近体诗开始，诗歌的音韵美有了格式化的发展，从唐宋一直沿用到现在。这中间，“五四”时期以后，一度兴起过白话诗，又叫自由诗，曾经把近体诗的格律完全废除，从诗歌的形式上确实是一种解放。但这种解放还没有维持一百年，当社会革命时期转入新的社会常态以后，白话诗的意识形态背景逐渐消失，它的宣传功能也逐渐失效，整体上白话诗就开始式微了。今天有许多中老年人，又重新学习写传统诗歌，但基本上写的都是这种格律严密的唐宋以来的近体诗，很少有人再去学写古诗了。

我们这个讲座，就以《古诗十九首》为主要内容，另外补充了李陵、秦嘉、曹操、曹植这四位诗人的五首诗。通过这些作品，我们就能大体了解汉代五言诗的成就，了解它作为一座重要的桥梁，在中国古代诗歌发展史上的地位和作用。

目 录

第一讲：李陵苏武诗（其一）

李陵送别苏武，写了一组诗。对这一组诗的作者是谁，历来争议很大，有人认为它是后人假托李陵之名写的，也有文学史研究者认为作者为李陵是可信的。但是，即便是“托名伪作”之说成立，就诗的内容本身来看，它很真切地反映了李陵和苏武这样一对历经沧桑的朋友，在远离故土的地方，那种依依惜别的心绪和感情，所以我们不妨就从这个角度，来欣赏它。

李陵是汉武帝时候的一位将军，是著名的“飞将军”李广的孙子。李广可以说是中国历史上最辉煌的一位将军，非常了不起，司马迁小时候还见过他，说他“悛悛如鄙人，口不能道辞”，就是说他非常质朴，老实得好像话都不会说。司马迁在《史记》里记录了大量关于李广能征善战、神武过人、威震匈奴、体恤下属、与普通士卒同甘共苦的事迹。而且，司马迁在《史记》的“列传”里面，对传主大多是直呼其名，但对李广例外，叫《李将军列传》，足见司马迁对李广的尊重。中国的古诗里头，写古代将军的寥寥可数，但是写李广的却很多，比如唐诗有王昌龄的《出塞》、卢纶的《塞下曲·其二》，都是写的李广；一直到现代，台湾诗人余光中还专

[宋] 马远 《踏歌图》

门为李广写了一首《飞将军》，歌颂李广说："两千年的风沙吹过去/一个铿锵的名字留下来/……他的长臂比长城更长/胡骑奔突突不过他的臂弯……"

但是李广最后的结局很不好。他退休以后，本可以安享晚年，却主动要求参战，去了以后，和他的上级，统率大军的大元帅李广利处不好。因为李广利原来是李广手下的一个将军，没有什么本事，只因为他的姐姐嫁给了汉武帝，就被提升为大将军，李广瞧不起他，当然就处不好。结果，在打仗中李广出现失误，带领的部队迷路了，比军令规定的时间晚到了三天，李广利就小题大做，说他贻误战机，"按律处死"。汉武帝时法律苛刻，那些司法官吏又很恶毒，李广晓得他们整人很凶，不愿意被他们羞辱，就自杀了。

李陵当了将军后，也是打了很多胜仗，但因为他和他爷爷一样，对朝廷里面那些卑鄙的文官武将瞧不起，平时就不跟这些人往来，连话都不说，更不在一起喝酒言欢、联络感情，这就种下了祸根。

一次汉朝出动六支大军去打匈奴，李陵是其中人数最少的一支，只有五千步兵。他带着自己的部队准时到达了集合地点，却发现其他五位将军一个都没到，他成了孤军。后来李陵在给苏武的信中说："五将失道，陵独遇战。"这件事在《史记》上写得很含糊，让后人推测那是人家有意设计，来陷害李陵的。照理说李陵完全有理由赶紧离开，但他认为大军有约，自己不能单独退兵，结果被八万匈奴大军围攻。虽然李陵的部队勇猛迎战，但毕竟寡不敌众，一直打到五千人马只剩下一百多人，箭都射完了，粮草也没有了，这才被匈奴俘虏。李陵被俘以后，匈奴单于亲自劝降，他一直不答应。拖了一个多月，突然从南边传来消息，汉朝听说李陵投降了匈奴，就把他全家都杀光了，上自八十多岁的老父亲，下到未成年的娃娃，一个不留。在这种情况下，李陵气慌了，这才答应投降。单于马上给他非常高的待遇，封他为右校王。这样一来，从汉武帝时代一直到今天，对李陵的评价就长期存在争议，司马迁还为此遭受了“宫刑”。

李陵投降以后，苏武作为汉朝的使臣出使匈奴，又被匈奴扣留下来，要他投降。苏武坚决不干，匈奴把他流放到当时荒无人烟的北海边（就是现在俄罗斯的贝加尔湖畔），想用这种办法逼苏武投降。苏武宁死不降，甚至拔剑自刎，匈奴一看没有办法，也就不逼他了。但苏武仍然坚持他的汉朝使臣的身份，把那个标志汉使身份的节杖一直带在身边，坚持了十九年。在这期间，苏武和李陵见了面，他的选择虽然不同于李陵，但对李陵非常理解，深知他是迫不得已的，两人成了最好的朋友。十九年以后，苏武要回汉朝去了，李陵就写了这一组诗来送他。

第一首是这样的：

良时不再至，离别在须臾。
屏营衢路侧，执手野踟蹰。
仰视浮云驰，奄忽互相逾。
风波一失所，各在天一隅。
长当从此别，且复立斯须。
欲因晨风发，送子以贱躯。

李陵一开始就说：我们在一起度过的时光，是很美好的，可惜你马上就要走了，而且你这一走，不会再回来，我俩那种快乐、美好的聚会，不会再有了，所以他说“良时不再至”。这是分别在即的深深惋惜。“良时”者，美好的时光也。下一句“离别在须臾”，是说我们马上就要分手告别了。“须臾”是指时间很短、一晃就过去了。这是一个叠韵连绵词。关于这个词，我们需要多说几句。

“连绵词”是古诗文中大量出现的语词现象，它的特点，是两个语音连缀成义，构成一个联合表意的词组，要根据两个字连贯发出的声音去理解，而不能把两个字扯开来讲，这就叫“以音求字”。比如这里的“须臾”，就不能分开说“须”是什么、“臾”又是什么。这两个字读快了就是“倏”，倏忽的倏，也就是我们口语中，直到现在还在说的“唰一下就过去了”的那个“唰”。“须臾”两个字韵母相同，就叫“叠韵连绵词”；如果是声母相同，就叫“双声连绵词”。

接下来的“屏营衢路侧，执手野踟蹰”，“衢路”是平交道口；“执手”是手拉着手，“野”是荒野。“屏营”也是叠韵连绵词，“踟蹰”就是双声连绵词，它们的意思都是徘徊流连，不忍离去。其中这个“踟蹰”是从蜘蛛取象而来的——蜘蛛结网的时候，不就是来回转圈子吗？把“蜘蛛”这个名词动词化，来表达那种动作的特征，就成了这个“踟蹰”，它还可以写成“踯躅”或者“彳亍”，写法不同，意思完全一样。好朋友舍不得分手，告别之际来回徘徊，就和蜘蛛结网那个样子很像，所以很好理解。

后面四句诗：“仰视浮云驰，奄忽互相逾。风波一失所，各在天一隅”，描绘的是这样一个场景——两个那么好的朋友，马上就要分手了，他们手拉着手站在一望无边的荒凉的草原上，仰头看着天上被风吹着疾走的白云，看着它们很短暂地碰一下头，马上又互相错开，被风推送着，朝着不同的方向越飘越远，一个飘向天的这一头，一个飘向那一头……这里的“浮云”是飘动的云，“驰”是疾走；“奄忽”是忽然、迅速，很短的时间；“互相逾”是擦身而过，又彼此分开；后面的“波”不是指波浪，而应该解释为播送的“播”，“风波”就是被风吹向远处；“失所”是离开它们各自原来的地方，不知会在何处才停下来。这四句诗，实际上是李陵的感慨：我们就像这样的浮云，今后各自朝不同的方向飘，再难汇到一起了。诗贵含蓄，它不是把这一对朋友的离愁别绪直接说出来，而是用眼前的物象来表达心情，这才是诗。这种手法，古今诗人是相通的，比如徐志摩写的《偶然》，就借用两艘航船："你我相逢在黑夜的海上/你有你的，我有我的，方向"，表达的也是同样的情绪。

"长当从此别，且复立斯须。""长"者，永远也；"当"者，应该也；"且复"是姑且、暂时的意思；"立斯须"就是停下来，再站一会儿。李陵是说，我们从这里一旦分别，今后怕是永远也见不着了，你暂时不要走了，我们姑且在这里再停留一会儿。

为什么要停留一会儿呢？原来，李陵还想和苏武在一起再住一个晚上，第二天早晨他还要送苏武："欲因晨风发，送子以贱躯。""欲"是打算、想法，是李陵表达自己的心思；这个"因"与"藉"相通，是借助、顺着的意思。草原上的晨风是北风，而苏武回汉朝是往南走，所以他是顺风行走的，故谓之"因"。后面的"子"是指苏武，"贱躯"是李陵自己的谦称。这就是说，等到明天晨风吹起的时候，我还要亲自送你，我要立在晨风中，目送你顺着北风渐渐远去……

第二讲：李陵苏武诗（其二）

携手上河梁，游子暮何之？

徘徊蹊路侧，悢悢不能辞。

行人难久留，各言长相思。

安知非日月，弦望自有时。

努力崇明德，皓首以为期。

司马迁和李陵，本来并没有什么关系，两个人连话都没有说过，就是因为李陵投降匈奴这件事，他站出来为李陵叫屈，就遭受到“宫刑”，这是一种只比死刑轻一等的刑罚。那个时候，因为汉武帝连年打仗，国库空虚，各种刑罚都是可以拿钱来赎买的，八千钱可以“买”死刑，六千钱可以“买”宫刑，但司马迁很穷，连这六千钱都拿不出来，只好接受了宫刑。这对司马迁来说是奇耻大辱，但他非常艰难地忍受下来，坚持把《史记》写完。在《报任安书》中，司马迁说自己“肠一日而九回，居则忽忽若有所亡，出则不知其所往。每念斯耻，汗未尝不发背沾衣也！”他就是这样忍辱负重地完成了《史记》。这样来看的话，也可以说，整部《史记》

都和李陵是有关系的。

匈奴那边对李陵和苏武的待遇，与之形成鲜明的对比。他们不仅对投降了的李陵封王重用，对决不投降的苏武，也是尊重有加。当苏武拒绝投降而自杀时，匈奴派最好的医生把他抢救过来，后来不仅给他供应粮食，还派了一个漂亮女子给他做伴，还和苏武生育了五个娃娃。对他那么好！宋代的王安石在他写的《明妃曲》中，曾经发过一番感慨，说是“汉恩自浅胡恩深”。我们还知道，“二战”结束的时候，美国的麦克阿瑟将军到密苏里号战舰上接受日本投降，就专门请两位曾经被日本人俘虏过的美国将军参加，还为他们准备了签字专用的钢笔，以示尊重。因为这两位将军当初都是率部抵抗到最后，在弹尽粮绝、突围又没有希望的情况下才投降的。这些都说明，从不同的视角，或者用不同的文化来衡量，对李陵这样迫不得已的投降，是会有不同的看法的。

下面我们来读李陵这组诗的第二首。

第一句“携手上河梁，游子暮何之？”两人手牵手走到了桥上，李陵更加伤感起来了。“梁”就是桥。以前的房梁是一根木头搭在两边墙上，这是“梁”字的本义；桥也是搭在两边河岸，所以就用“梁”来表示桥了。两个人走到桥的中间，就必须分手了，因为这里就是国界了，就像现在的鸭绿江大桥一样，这半边是我们中国，那半边就是朝鲜，再走就跨越国境线了。“游子”是指苏武，古时候这个“游”，并不是现在“旅游”的意思，凡是出门在外的人，都可以称为“游子”，连外出当官都叫“宦游”。“暮”是黄昏。李陵是说我无法送你过桥了，到了今天黄昏的时候，你会走到哪里、又会寄宿何处呢？这是在表示对朋友深深的挂念。

第二句“徘徊蹊路侧，悢悢不能辞。”“蹊路”是小路；“悢”就是“憾”，在古代，这两个字是同一个字，“遗悢”就是“遗憾”；“不能辞”是说不出话来。分手在即，李陵满怀的遗憾，郁闷得说不出话来，只能在桥下的小路上来回徘徊。这种情形我是亲身经历过的。那是二十世纪八十年代，我到一位皖北的诗人朋友家住了一夜，第二天他一直把我送到车站，车子都快要开了，他还在下面一边拿袖子揩眼泪，一边在那里狠狠地跺脚，这就叫“悢悢不能辞”，就是难受得说不出话来。真正好朋友分手，就是这个样子。正如柳永说的，是“执手相看泪眼，竟无语凝噎”。

“行人难久留，各言长相思。”“行人”是要走的人，就是指苏武。为什么“难久留”呢？因为汉朝派来迎接苏武的队伍，已经等候在桥那头了，苏武当然无法久留，两个人只能无奈分别，互相说我们的友谊是无法忘记的、我永远都记得你，这就是“各言长相思”。我记得有一位长者到了癌症晚期的时候，我去看他，大家都知道这是人生的最后一面了，握着手都说不出话来，我最后就指着自己的额头说：“我永远把你记在这里的。”这个就叫“长相思”。

下面这两句诗，很能体现我们中国人的传统习俗，就是明知道没有指望的事情，也会找些说法来安慰对方。“安知非日月，弦望自有时。”——说不定我们也会像太阳和月亮一样，虽然是各走各的，但还是有相见的时候。因为太阳和月亮，每个月在阴历十五那一天，夕阳还没下山，皓月已经东升了，所以这一天叫“望”。《说文解字》上解释说“日月如君臣之相望也”。这些都是说来安慰人的话，就像我们去看病重的朋友，嘴巴上总会说什么“这个偏方说不定会起作用，我们二天还可以慢慢摆龙门阵”，其实心头明白，那是无望的。

苏武是朝廷的文官，李陵也是朝廷的武将，在说宽心话的时候，也免不了要来两句官腔：“努力崇明德，皓首以为期。”前一句就是官腔，是说你苏武回到汉朝以后，要好生工作，努力发扬你的美德。这当然也有勉励苏武、提醒他自爱的意思。苏武在匈奴十九年，坚贞不屈，这是很高尚的美德，李陵希望他回到汉朝以后，还要努力发扬这种道德精神。因为李陵和苏武都是道德修养很高的人，他们把履行道德义务看得非常重要。说过这些官话，李陵还是结束在朋友之间的相互宽慰上：我们还可以一直等嘛，等到有一天，你我头发都白完了的时候，也许我们还会见面的。

第三讲：秦嘉《赠妇诗》（其一）

这首诗的作者，是生活在东汉桓帝年间的秦嘉。这时的东汉王朝已经非常衰弱了，政治腐败，边患不断，衰世乱象，此起彼伏。秦嘉这样的小官吏，生活都很困窘、痛苦，他流传后世的一组《赠妇诗》，就充满了感慨和哀伤。我们今天讲的是其中的第一首。

秦嘉写这首诗的时候，三十岁左右，刚从上郡的“郡上计掾”调到洛阳做“黄门侍郎”。南北朝时候编选《玉台新咏》的徐陵，曾经提到这首诗的写作背景：“其妻徐淑，寝疾还家，不获面别，赠诗云尔。”“寝疾”就是卧病在床。上郡位于今天的山西北部和陕西北部一带，郡治在肤施，就是后来的延安，秦嘉就在那里做“掾吏”，还算不上是“官”，只是“吏”，就是一个公务员。秦嘉的老家是陇西，就是现在的甘肃西北一带，他的太太也是家乡人，本来随他一起到了肤施，不久就得了病，他又公务繁忙，只好把妻子送回老家调养。我们根据徐陵的简述，再结合秦嘉在这首诗中的描写，可以大致设想是他到了洛阳后，本想回家乡去接他的太太，但上级不允许，他就安排了一辆车去接，没想到他太太已经病重，无法上路了。秦嘉没有办法，就写了这首诗送给他的太太。

人生譬朝露，居世多屯蹇。
忧艰常早至，欢会常苦晚。
念当奉时役，去尔日遥远。
遣车迎子还，空往复空返。
省书情凄怆，临食不能饭。
独坐空房中，谁与相劝勉。
长夜不能眠，伏枕独展转。
忧来如循环，匪席不可卷。

这首诗一开始就是很深沉的感叹：“人生譬朝露，居世多屯蹇。”“朝露”是早上的露珠；“譬”是比如；“居世”就是活在这个世界上。什么叫“多屯蹇”？就是不顺利、艰难多。大家看这个“屯”字的篆文，就像地表下面的一棵小草，正在拼命挣扎要冲出地面，身子都挣弯了，才刚刚冒出一点芽芽。这就是“屯”字的本义。

篆文　屯

再看这个“蹇”字，上面是阻塞的“塞”省去了下面的“土”（在文字学上就叫“从塞省”），下面是一个“足”，这是个象意字（也叫“会意”），就是行走不方便，也就是我们平

[晋] 顾恺之 《洛神赋图》

常说的跛脚，走路都是一拐一拐的，艰难得很。秦嘉选这两个字，可见他对人生在世的体会，是阻塞很多、行走艰难。而且，人生又是这么短暂，就像早晨沾在草上的露水，太阳一出来就干了。这个比喻，后来被人反复借用，比如古诗十九首中第十三首，就有“浩浩阴阳移，年命如朝露”；曹操的《短歌行》也有“对酒当歌，人生几何？譬如朝露，去日苦多”。说明这种比喻很能引起大家的共鸣。在希腊神话里，也说有一个美丽的仙女达芙涅，太阳神阿波罗看到她躺在一片草叶上，五彩闪光，被她的美丽迷住了，就跑去追她，结果他刚一走近，女神就消失了，变成了月桂树。“达芙涅”就是拉丁文的“露珠”。可见，认为美是很脆弱的，人生是很短暂的，这样的感受，无论东方人、西方人，心理都是相通的。

“忧艰常早至，欢会常苦晚。”这是思念太太心切的秦嘉，对人生艰难更深切的体会。“忧艰”就是忧患和艰难，“欢会”是指他们夫妻那些美好的日子，“欢”是夫妻相爱，“会”是夫妻团圆。秦嘉说，这种欢会的日子也有，但是太少，而且来得太晚了，忧患和艰难却总是早早就到来。秦嘉和他太太还是一对年轻夫妻，感情又很好，却在短暂的团聚后不得不分居两地，面都见不到。这种分离来得这么早，现在他太太又卧病故乡，不晓得下一步还会怎么样？这些都让他牵肠挂肚，非常担忧，当然是很艰难、很痛苦的事情。

“念当奉时役，去尔日遥远。”“念”是考虑到，“奉”是接受任务，“役”就是出差，“时役”是突然发生的临时差遣，“尔”是指他太太。这两句是说，我受官家差遣，身不由己，又请假不准，无法回来看你，离你是越来越远了。这个“日”的古音要读“yù”，就是我们现在用的“愈来愈”的意思，屈原在《哀郢》中说“望故都之日远兮”，就是离开我的故乡一天比一天更遥远了。

秦嘉请不到假，就赶紧雇了一辆车，到老家去接他的太太，结果是空车去、空车回。为什么没有人？病重了，已经经不起旅途颠簸了。这就是“遣车迎子还，空往复空返”。我们讲《诗经》的时候说过，在古代，“子”也可以用来指女子，这里就是指他太太。大家想想，本来是满怀希望地等着车载人归，结果等回来一辆空车，而且还有更坏的消息，说是他太太病重，无法上路，那是一种什么样的心情呢？

接下来这四句，就把秦嘉那种失落、难受的心情，写得凄凉无比：“省书情凄怆，临食不能饭。独坐空房中，谁与相劝勉。”这个“省”字要读“xǐng”，是动词，“省书”就是读信。秦嘉的太太是有文化的，给他写了一封信，秦嘉见不到人，就仔仔细细地读太太的信。大家看这个省字的甲骨文：下面是一只眼睛，上面是翻起来的眼睫毛，它的本义就是瞪

甲骨文　省

大了眼睛仔细看，我们说的“省悟”“反省”“省视”，都是用的这个意思。这个“饭”要读“fǎn”，也是动词，就是指吃饭。“劝”是劝解、劝慰；“勉”是勉励、开导；“凄怆”是凄惨、忧伤。秦嘉读信以后，得知太太病重，生死难料，非常难过，感到凄凉和忧伤，饭菜摆在旁边，他一口都吃不下去；孤身一人，独坐空房，又没有人来劝慰、开导，人生之孤独无助，莫此为甚啊！

秦嘉不仅整天都在忧伤，到了晚上也睡不着：“长夜不能眠，伏枕独展转。”华北平原的冬夜，一个人本来就很难入睡，现在又挂念病重的太太，秦嘉就更是辗转难眠。“展转”就是辗转，也是一个连绵词，指一个人翻来覆去睡不着，不得安宁。为什么还“伏枕”（就是趴在枕头上）呢？我们一想就能明白：这是在伏枕掩泣——因为怕哭出声来被人家听见，只能这样哭！

最后这两句，是从诗经的《邶风·柏舟》借用来的，但是比原诗写得更好：“忧来如循环，匪席不可卷。”“柏舟”里面那个诗人说的是“我心匪石，不可转也。我心匪席，不可卷也。”秦嘉是说巨大的忧愁摆脱不了，没有尽头，大家看过那种念珠吗——数来数去永远都数不完，那就是“循环”；而且，这个忧愁又不像一床席子那样，我不可能把它卷一卷就搁到一边了。什么意思？——悲伤无穷无尽，无法收拾，无法排遣。

这样的诗，写的是最普通的夫妇之情，最带个人色彩的东西，而且这种事情是旁人无法为他消解的。秦嘉写得这么好！如果我是一个女子，哪个男子能够这样写封信给我，我都不算白活了！

最后要请大家注意这首诗的脚韵。“蹇”“晚”“远”“返”“饭”“勉”“转”“卷”，都是仄声。因为仄声发音比较短促，诗歌押仄声韵的不多。但是仄声有一种很微妙的音乐效果，更能够表现出感情的痛苦。比如李清照的《声声慢》：“寻寻觅觅，冷冷清清，凄凄惨惨戚戚。乍暖还寒时候，最难将息；三杯两盏淡酒，怎敌他晚来风急，雁过也，正伤心，却是旧日相识……”全部押的是仄声韵（按古读音，“息”“急”“识”都是入声，也属仄声，我们四川的乐山-宜宾-泸州一带，至今还保留着这种读音）。这样的韵律，把失去丈夫又孤身飘零于战乱之世的李清照，在那个春寒料峭的夜晚中的种种愁绪和哀伤，表达得特别到位。

中国古诗有特殊的音乐成分，它是融汇在诗的情感和意境之中的。虽然这种音乐成分不是诗的主体，但必须要有它，诗歌才能“入耳”，才能以音乐的形式进入读者的听觉。诗歌的形式，包括它的节奏、韵律、格律，都不能随意抛弃。离开这些形式，诗就不存在了。

第四讲：古诗十九首·其一

行行重行行，与君生别离。
相去万余里，各在天一涯。
道路阻且长，会面安可知？
胡马依北风，越鸟巢南枝。
相去日已远，衣带日已缓。
浮云蔽白日，游子不顾反。
思君令人老，岁月忽已晚。
弃捐勿复道，努力加餐饭！

这首诗的主题，就是古人说的“去国怀乡”。什么叫“去国怀乡”？从前这个“国”和我们今天的意思不同，那时候一个城市就叫“国”，离开了你自己生长的故乡、故城，就叫“去国”。去国之后对故乡、故城的怀念、回忆的心情和思绪，就叫“去国怀乡”。这是中国诗歌中一个永恒的主题。

诗歌一开始的“行行重行行”，是行路人（也就是诗人自己）的感慨。“行”的古文字形就是画的一个十字路，意思就是要在路

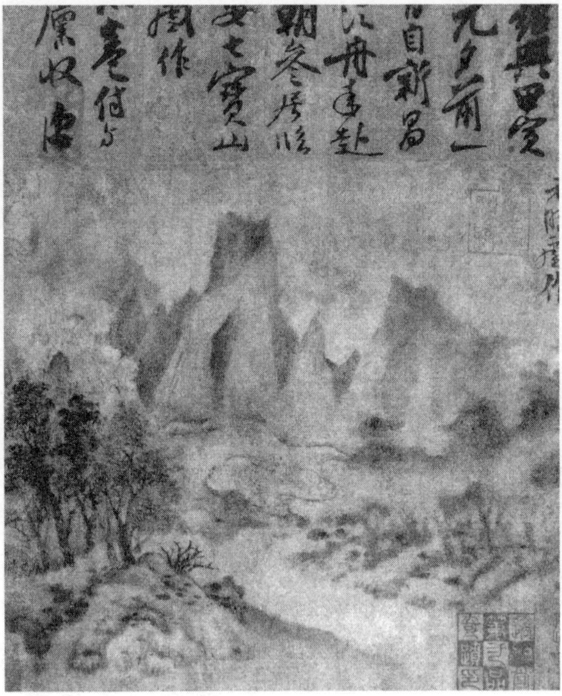

[宋]米芾《远岫晴云图》

上走，“行”就是走。在那个时候，不管是什么原因出行，外出去做官也好，被贬了官派往外地也好，或者是带兵外出打仗也好，都要靠走路。“重”者，再一次也。“行行重行行”，就是走啊走啊，走了又走，走不完的长路！那时候不像我们今天出行，开起汽车就跑，已经很难有这种体会，也就很难产生这样的感慨了。

他在怎么走呢？“与君生别离”。“君”就是“你”。诗歌像戏剧一样，也是有角色的。前一句“行行重行行”，是一个人在走，走着走着他回过头来，对一个留在远方的人说“我和你生别离了”，这第二个人物就出现了。那么，这两个人是什么关系呢？这就有了悬念，有了戏剧性了。我们往下读，慢慢就会明白。

什么叫“生别离“？《诗经》里面有“别”，也有“离”，但都是单独出现，没有“别离”这个词。“别离”就是“别”，也就是“离”，这是《诗经》以后，由语音变化而出现的一个新词，一个偏义复词，就是一个音拖长了，再用一个字来表示那个被拖长了的尾音。不能把两个字扯开来分别讲。古人认为有两种别离，一种是人死了，永远也回不来，这叫“死别离”；还有一种是被活生生地分开，再也见不到了，就叫“生别离”。杜甫想念流放中的李白，就写的是“死别已吞声，生别常恻恻”，可见到唐朝的时候都还在使用这两个概念。

诗人这一走，已经走得太远，很远很远了都还在走：“相去万余里，各在天一涯。”（“涯”要读作“yí”。）这个“万余里”，是诗学上的距离表达，“很远很远之外”的意思，绝对不是数学上的一万多里，那样机械的理解就很可笑了，就是不懂诗歌的特点了。“各在天一涯”，就是指天各一方。古人认为“苍天如圆盖，大地如棋局”，在天圆地方的结合部，好像圆形的锅盖和方形的棋盘的边缘相连的地方，就叫“天涯”，也叫“地角”。这两句是说我们分开得太远，就像分隔在天地的两个边沿一样。

“道路阻且长，会面安可知？”“阻”者堵塞也，原来这条路不仅很长很远，沿途还有很多阻塞和障碍。为什么呢？因为那是战乱年代，沿路很多地方都不能通行，关卡啦，战场啦，各种禁区啦，都是“阻”。下面的“安可知”，是“怎么可能知道”的意思，就是说我们隔了这么远，沿途又有这么多阻碍，不晓得这一分别后，我们什么时候才能再见面呢？这样，两个人的关系就出来了：他们本来应该是还要见面的，是不应该一旦分别就再不相聚的关系。那么，究竟是什么关系？我们还要等一下。诗是不能一下子把话说尽的，要慢慢展开，让人去寻味、去揣摩，才有绵长的诗意。古诗十九首的另一种版本，这一句是“会面安可期”，期待、期盼之意，和“安可知”的意思是一样的。

接下来两句，诗人不是直接说自己的心如何地想念家乡、思恋故人，而是借物说事：“胡马依北风，越鸟巢南枝。”“胡”在汉代就是指匈奴，包括当时生活在蒙古、新疆一带的少数民族；“胡马”是原产于匈奴的马，特别高大，宋词说的“胡马，胡马，远放燕支山下”，就是指的这种马。它是从北方来的，是在那边长大的，它到了中原以后，还保留着依恋故乡的本能，对北方刮来的风，它会特别“依”。这个“依”，是依靠、依傍、依恋的意思，因为北风是来自北方的大漠、草原，带着它所熟悉的故乡的气息，令它依依不舍，这就叫“胡马依北风”。“越”本来是指春秋时候的越国，就是现在的浙江一带，到了汉代，“越”就变成了“百越”，这个地域概念就宽得多了，长江流域以南广大的地区都称为“越”，不仅是浙江，也包括广东广西这一大片，所谓“百越”，是泛指其多。“越鸟”就是南方的鸟。“越鸟巢南枝”，这是诗人按自己的想象去写的，不能用鸟类学的常识去衡量它，因为鸟类学的知识恰好不是这样。雀鸟的巢确实是有固定朝向的，但是所有北半球的鸟类，它们在森林里筑的巢，门全是朝着西方的。因为鸟类是黄昏时候飞回家，它要尽量利用夕阳的那一点余晖，找到自己的家，如果鸟巢的门朝着东面，到了黄昏以后，巢里面就没有光线，就找不到自己的家了。但是诗人要表达他自己的情怀，他就无心去考究鸟类学的常识，也顾不得事实验证，他可以依着自己的思想感情和想象去创造，说南方飞到中原来的鸟，都要把自己的巢筑在朝南的枝丫上，就为了多看故乡几眼。他不直接说人的感情，而是说了马、说了鸟，传递出的情绪是：马与鸟尚且如此，何况人乎？

“相去日已远，衣带日已缓”，这两句是说了一个因果关系：我走得越来越远，因为思乡，人都变瘦了。这个“日”还是要按古音读“yù”，“日已”也是“愈来愈”的意思。诗人不是直接说“我因为思念故乡，体重从一百二十斤减成了九十斤”，那还叫什么诗呢？他换了一个角度来说自己的日渐消瘦，就是“衣带日已缓”，“缓”就是松，衣带越来越松，说明什么呢？汉代人的装束是长袍，在长袍两边有两根带子，从两边往中间一拴，打个疙瘩或系个扣子。本来是拴起来正合适的带子，现在越来越松了，那当然就是体重减轻、人越来越瘦了，这是思乡之情，令人瘦损。读到这里，人物角色逐渐显现出来了：他们一定是夫妻关系。像因为思念而瘦损，而且腰带越来越松，这样的话只可能是说给他的太太听，不然就不合情理了。

确定了角色的这个关系，我们就很好理解后面的“思君令人老，岁月忽已晚”了。这是一种感伤，是说我天天想念你，人都变老了，不知不觉之间，一年的光阴忽然就过去了。这个“忽”就是“忽然一下子”，“忽已晚”就是一下子就到了“岁晚”之时、进入冬季了。“早岁”是春天，“晚岁”是腊月，一年从春到冬，本来是很漫长的，春过了夏，夏过了秋，诗人怎么都没有感觉、没有发现呢？这种恍兮惚兮的精神状态是怎么一回事呢？原来他在路上，时时刻刻都在想他的太太，对其他的事都没有放在心上，视而不见，听而不闻了。唐人戴叔伦把这种感伤的表达进一步发挥，写的是“一年将近夜，万里未归人”——到了腊月三十的晚上，一年又要过完了，我还在万里之外，回不到家乡去啊！就是这种感伤。

最后两句：“弃捐勿复道，努力加餐饭！”这个“弃捐”一般说来只能用于夫妻之间，就是“我不要你了”——我把你抛弃了，你把我捐出去了。这一句意味深长，因为有个“复道”，就是“重新又说”的意思。这里显然是一种倒叙：诗人一年前上路的时候，他的太太曾经说过“弃捐”一类的话：我们这一分手，不晓得要多久才见面，如果你一个人在外生活艰难，就另外找一个人来照顾你，就不要挂念我了，就把我“弃捐”了吧。这是妻子对丈夫的体谅。而诗人在这里表达的是“我不会和你分手”，今后这样的话你不要再提了，我不可能再去另外找一个人的。这是一种爱情忠贞的表达。然后他劝他的太太：你要注意保重身体，多多吃饭。今天我们的生活变好了，很难理解为何要劝亲人“努力加餐饭”，我们今天劝人，多半会说你要少吃火锅、少吃肥肉，怕得糖尿病哦！只有犯傻的人才会去劝人家多多吃饭。那个时候物质匮乏，营养有限，多吃饭才能保重身体、维护健康。时代不同，风俗习惯也是不同的。我们读这样一首诗，不仅能欣赏它的诗意、它的诗学上的美，还能了解一个时代的人物、生活，了解那个时代的夫妻关系，和那个时代特有的情感表达方式，这就是一首好诗的价值。诗人是对他太太说：你要保重身体，不要像我一样，在路上越来越瘦；不管我能不能回来，你一是不要提分手，二是要多多吃饭。所有这些诗句，都很含蓄地表达了非常深沉的夫妇之爱。对丈夫来说，他是“游子思乡”，对妻子来说，就叫“思妇”，是留在家中形单影只的主妇，只有苦苦地思念她远方的丈夫，而且知道这一生再不可能重逢了。

为什么说再不可能重逢呢？诗歌中间有两句非常关键的交代：“浮云蔽白日，游子不顾反。”就是说，朝廷里面一片昏暗，不见阳光，我这样的宦游之人（游子）不可能再回来。原来，这个诗人本是一个官员，他在政治上受到排挤，被贬黜到远方去，他的出行原因原来是这样的！所以他一腔的愤懑，不想再回到朝中；所以他这一走，就是遥遥无归期的。正因为这样，两人分手时他太太才要说“弃捐”之事。如果没有中间这两句的交代，就好像丢失了戏剧中间的重要情节，就不好理解了；有了这两句，我们就明白，他们夫妻俩分手的时候，是百感交集的，是很清楚地知道今后再也难见面的，是一场“生别离”。有了这样的理解，我们就能更深切地感受到诗人的感伤，领会“生别离”的痛苦。有了这两句，整首诗歌所叙述的故事才完整，所表达的感情才真实、深切。

好诗就是这样，没有一点多余的东西，一行都少不得，否则诗人抒发感情的各种细节就不能做到环环相扣、相互烘托，构不成一个完整的故事。不像有些现代白话诗，尽是口水话，你删掉它十几行，都没有关系。

第五讲：古诗十九首 · 其二

青青河畔草，郁郁园中柳。

盈盈楼上女，皎皎当窗牖。

娥娥红粉妆，纤纤出素手。

昔为倡家女，今为荡子妇。

荡子行不归，空床难独守。

前一首诗的特点，是诗人自己就是诗中的一个角色，这一首就不一样了。

一开始这四句："青青河畔草，郁郁园中柳。盈盈楼上女，皎皎当窗牖。"不知道大家看出它的特点没有？它们好像是一组镜头，每一句就是一个画面，一句比一句在往前面走，就好像电影镜头在一步步向一个画面逐渐推近：第一句是一个远景镜头，好像隔在河对岸遥看，只看见江边一片茂盛的青草，看不到其他的细节。到第二句，画面开始清晰起来，让我们看见了"郁郁园中柳"。"郁郁"者，茂密也，原来河边是一座庭园，园中有一片茂密的柳树。然后镜头再往里面推，而且变成了鸟瞰镜头，柳树后面、花园里边的景物又呈现出来：里面有一座楼，楼上坐着一个女子，而且体态丰满。“盈盈”者，丰满也。镜头再推近，画面上的女子看得更清楚了，她不仅体态丰满，而且长得很白，而且不是那种死眉烂眼的白，是洁白而有光泽，而且坐在窗前。“皎皎”，是洁白而有光亮；“当窗牖”是坐在窗前（“牖”就是窗，也可以解释为朝北面的窗）。这四句诗，画面一幅比一幅清晰，描写一句比一句细致，完全就像是有一个摄影机在那里慢慢地摇镜头，而且是变换着角度在逐步推近。

当然，那个时候是没有摄影机的，这个“镜头”就是诗人那一双眼睛，这些诗句展现的是这位诗人出色的观察和描写能力。要达到这样的效果，不仅要有一双善于观察的眼睛，还要有一个视角，一个“aspect”，从这个特定的视角逐步推进、变换，画面景物才会由远而近有序展开，不至于凌乱、跳脱。这种有内在联系的场景转换，还如此井然有序，就像现代电影中的蒙太奇手法，这么早就出现在我们古人的诗歌表现艺术中，这是非常之惊人的。

那么，这个“盈盈”“皎皎”的女子，坐在那里干啥子呢？请大家注意，现在是柳树长得很茂盛的时候，是夏天，这个女子可能是在那里乘凉，也可能是在那里等人，等谁呢？我们慢慢往下读。

现在，诗人的眼睛再向前推近：“娥娥红粉妆，纤纤出素手。”“娥娥”，是形容女子的美貌；“红粉妆”，是化妆的时候

[宋]佚名《女孝经图》

又用了胭脂、又用了白粉。那个时候化妆用的粉，不是我们现在女子专用的化妆粉，是小麦粉。大家不要笑，小麦粉最初就是用来搽脸的，因为小麦加工出来的粉，比其他各种粮食作物加工出来的粉都要细得多，可以用来搽脸，所以它才叫“面粉”。你们看——连这个女子画的什么妆都看得这么清楚，诗人的这一双眼睛要凑得有多近！接下来还要近，完全是特写镜头了——他看见那个女子把手从下面拿出来了，连那个女子的手指很细、很白，都看得清清楚楚，是“纤纤出素手”。“纤纤”是细而柔嫩，“素”就是白，那显然是一双没有下过厨房的手，不是劳动妇女的粗糙的手。连这些都看清楚了，诗人恐怕离那个女子还不到一米远，要是个近视眼的话，那就还要凑得更近！当然这是玩笑话，这是说诗人的观察要有多么细致，才能作这样具体而微的描写。

前面这六句诗，是外在形象的观察和描写，是空间的推进，到下边就变了，空间转化为时间了。“昔为倡家女，今为荡子妇。”这是时间上的倒叙，从“昔”（就是过去）到今，原来是“女”，未婚女子，现在嫁了人，是“妇”了。什么叫“倡家女”？就是歌舞班子的女演员。最初说的“倡”和“伎”，不是现在红灯区的那个娼妓，女演员唱得好的叫“倡”，表演得好的就叫“伎”，那时候的歌舞班子都是私人的，就叫“倡家”。什么是“荡子”？就是浪荡不归的男人，一年四季不落屋，欧洲、美国到处耍，逛风景、下赌场，那就是“荡子”。原来这个本是歌舞班子女演员的少妇，现在嫁的是一个浪荡不归的耍哥子。她坐在窗口，看来不仅是在乘凉，还有可能是在盼望她的丈夫回来。

接下来这两句就更有意思：“荡子行不归，空床难独守。”前一句简单，就是说他那个浪荡丈夫一天到黑不回家；后一句就很直截了当，它用的是“空床”，不是“空房”，空床比空房给一个少妇带来的苦恼更要多。“难独守”，就是诗人在帮那个女子把她的内心活动说出来了：你这个浪荡子一年四季在外头，让我在家里面空等下去，那是办不到的！你在外面耍，到处找女朋友，我也可以去找一个男朋友——她要想搞婚外恋了！汉代的人，好像说真话没有那么多顾忌，比较洒脱，到唐代的诗就不兴这样写了。比如“闺中少妇不知愁，春日凝妆上翠楼。忽见陌头杨柳色，悔教夫婿觅封侯。”——她只不过是有点后悔：“哎呀！我不该喊我那个男人一天到黑在外头去挣表现，想当啥子官，有啥子意思嘛……”她就只说到这里为止。汉代的人就不那么含蓄隐忍，她就直截了当地说：你喊我一个人守那个空床，办不到！

对了，现在我们就晓得她为啥子是“娥娥红粉妆”、“皎皎当窗牖”了，这个“出素手”的心思也出来了：又没拿东西，又没做事情，她就是“出”，出示给别人看。她浓妆艳抹地坐在窗前，再加上这一个动作，就有了要把自己展示给别人看的意思。

这么一想，这首诗就很有点儿喜剧化了：那个诗人远远地看到一个浓妆艳抹的女子坐在窗前，他不敢出来，开始是躲藏在远处，一双眼睛就贼惑贼惑（四川方言，贼头贼脑）地往河边花园里头看，看着看着就往前钻，越钻越近，越看越清楚，然后就开始想七想八、想入非非的了……诗人的身份虽然被隐去了，但是诗人的情态，却是活灵活现的。这是诗歌表达的技巧，也是诗人心思的细密，我们前面还说了：这和那个时代的观念的质朴和开放也是有关系的。

第六讲：古诗十九首 · 其三

青青陵上柏，磊磊磵中石。
人生天地间，忽如远行客。
斗酒相娱乐，聊厚不为薄。
驱车策驽马，游戏宛与洛。
洛中何郁郁，冠带自相索。
长衢罗夹巷，王侯多第宅。
两宫遥相望，双阙百余尺。
极宴娱心意，戚戚何所迫。

开头这两句，从眼前景物说起。“陵”，可以是山坡，也可以是坟墓，我们在这里结合全诗来看，应该把它理解为坟墓。从前的人，很讲究在坟墓上种柏树，柏树是一年四季都不凋谢的；磵是水流干了的山涧，有水就叫“涧”，没有水，流干了，就叫“磵”；“磊磊”是很多很多堆在那里；“石”，在这里要读“she”的入声。诗人起眼一看见的，首先是一片片的坟墓，栽满了青青的柏树；再低头一看，干涸的山磵里，大大小小那么多石头。柏树的寿命是很长的，北京太庙里头，有栽了九百多年的柏树，晋祠还有三千多年的古柏树，至今都还活着；山磵里面的石头，那就更久了，都上万年了，还堆在那里。

和这两样活了这么久、存在了这么久的东西一比，诗人突然意识到了人生的短暂："人生天地间，忽如远行客。""忽如"，就是恍恍惚惚之间，一种突如其来的感觉；"远行客"，是说我不过是一个走长路的过客，从很远很远的地方来到这天地之间，暂时路过而已，这里是陌生的地方，我的家不在这里，我不是这里的人。这种感觉，上了年纪的人，时常会有。我就有。我有时候在春熙路走着走着，一瞬间会产生一种陌生感：这里是哪里？我是从哪里来的哟？因为我小时候留下印象的春熙路，不是现在这个样子，我觉得它不像是我生长的地方，不是我的家乡，我好像是从远方跑来的？这种感觉，就是"忽如远行客"。还有一次，我去看我一个八十九岁的姐姐，她住在成都市第一福利院，都多少年了，那天她突然对我说："弟娃儿，我们是住在城厢镇槐树街啊，咋个我们跑到这儿来了呢？走，你带我回去！"哎呀，那一瞬间，我好感伤。这两句诗，把这种微妙的感受，写得非常之好：看到柏树啊，石头啊，这些长久存在的东西，一比之下，那一瞬间，恍恍惚惚地觉得一切都不真实了，自己成了天地之间，一个不知来自何处的匆匆过客。

[明] 蓝瑛 《青山绿水图》

人生是这样飘忽不定，使人感伤，怎么办？去找朋友喝酒吧。那个朋友酒也不多，他只有一汤瓢的酒，就是“斗酒”。只有这点儿酒，但是也可以先高高兴兴地喝起来，这就是“斗酒相娱乐”。这个酒还不是什么好酒，是“薄酒”，就是度数不高的酒，酒虽然很薄，但是我们可以“聊厚”，就是权且把它当好酒，不要嫌它像啤酒一样度数低，喝起不来劲，管他的呢，我们就把它当成五粮液来喝嘛。这就是“聊厚不为薄”。

酒喝完了，俩朋友就伙起出去耍。“驱车策驽马”，就是赶起马车出去。看来这两个人还不算穷，还有马车，东汉时候如果有一辆马车，那比现在家里有一辆奔驰还要阔气，是很不容易的。“策”的本义是马鞭，在这里作动词；这匹马还是“驽马”，就是懒惰的马，诗人都是爱在诗中装起，说自己不是什么大富大贵，虽然有马车，但是马都不是什么名马、宝马，只是一匹“驽马”。赶起马车干啥子呢？出去耍——“游戏宛与洛”。他们两个不是赶路，毫无目的，就是“游戏”，就是耍，就是“play”。人生这么短暂，一下子就过去了，想那么多干啥子哦，不如出去耍个高兴。到哪里去呢？“宛与洛”。当时唯一的一条高速路，是从首都洛阳往正南方向到南阳，这是一条大路，当时是为了出兵打仗赶路迅速，特别修建的。“洛”是洛阳；“宛”是南阳，也就是现在的河南南阳、驻马店一带，古称

“宛”，因为那一带地势很低，凹成一个碗状的盆地。“文化大革命”期间，有一年涨大水，驻马店地区一百多座水库崩塌，大水成灾，就是因为这一带地势很低。

接下来“洛中何郁郁，冠带自相索”，说的是首都里面的社会人情。这个“郁郁”显然不是说树木长得多么茂盛，而是说洛阳城中修了很多建筑物，很繁华；“冠带”是指峨冠博带的有身份的人；“索”的本义是绳子，在这里是用它的引申义，就是“联系”。这两句是说首都很繁华，那些有身份的人有他们自己的圈子，自己的耍法，就好像有自己的俱乐部，自己的会所。这跟现在是一样的，各有各的圈子，那些私家会所，像我们这样的一般人是进不去的，我们就只有跟那些退休老头老嬢儿一起耍。

接下来四句，是说他们两个朋友在洛阳城中到处去逛，看到的城市气象。“长衢罗夹巷，王侯多第宅。两宫遥相望，双阙百余尺。”衢者，四通八达的大道也；罗者，排列也；夹巷就是小街道、小巷子；“长衢罗夹巷”，就是长长的大道两旁，密密麻麻地排列了很多小巷子。这种街道布局在我们成都商业街一带还能看到：长顺街两边排列着很多小街小巷，其中包括宽巷子窄巷子，还有支矶石这样的小巷子。这样的街道里面有些什么呢？“王侯多第宅”。“宅”在这里应该读“ce”的入声——那些封了王封了侯的高官显贵，在里面修了很多私宅、公馆。“两宫”是当时洛阳城中心的两处宫殿区，一座“南宫”，一座“北宫”，相距七华里，中间都是繁华的商业区，所以说它们是“遥相望”。“双阙”是指洛阳南门的建筑。从前的首都，南门是一个大的缺口，没有城门的，所以就叫“阙”，“阙”者，缺也。缺口两边各修一座很高的塔楼，就叫“双阙”，也叫“观楼”，取其观察遥望之意（这个“观”要读“guàn”，就像我们青城山里的“常道观”）。因为那个时候的人迷信，南方是属于风水通道，所以南门必须敞开，必须让坐北朝南的皇帝天子看出去是直通通无阻挡的。我们成都现在的城市格局还有这种痕迹：从天府广场往南看，天府大道直通通的，通向很远。洛阳南城的这两座“阙”非常高大，非常气派。这些都是这两个朋友的眼中所见。

最后的“极宴娱心意，戚戚何所迫”，就是表达汉代人的一种人生观了。“极宴”是大吃一顿，吃个痛快；“娱心意”是要使自己心里快活，吃得满意。古人说“唯食可以忘忧”，就是不管你有什么烦恼、忧愁，只要一开始吃美食，就可以把它们忘掉了。诗人一开始不是有忧愁的吗，他觉得“人生天地间，忽如远行客”嘛，用什么办法把它忘掉呢？开头是找朋友喝酒，然后是驾起车去兜风，又折回来在首都城里头到处逛，大街小巷，王府皇宫，城门高楼，都要转（四川方言，玩遍了）了，要饿了就大吃一顿，吃得心满意足，开心得很。这个时候他们开始劝其他的朋友，那些不像他们看得这么开的人，还在“戚戚”，就是不快活；“何所迫”，究竟有啥子东西在逼你们嘛？那么忧心忡忡的样子——有啥子丢不开呢？啥子光阴如梭、人生易老哦，不要去想那么多，及时行乐嘛。汉代的这些人，就是这样子讲究享受，我们现在还能在汉墓壁画和石刻上，看到这种人生观的痕迹，那上面好多墓主人生前吃啊要啊这些场面，还有如何驾起车子出游的。汉代的人就是这样想得开，尤其是首都那些富贵的、有地位的人，他们这种注重享乐的人生观，在这首诗里面表达得非常之鲜明。

我们现在的人，已经不像汉代的人那么敏感了。他们还能很早就意识到“人生天地间，忽如远行客”，而我们有时候就显得比古人麻木，没有这种生命意识了，一天到黑就拼命去整，突然有一天镜子里头一照，才发现哎呀咋个头发都白了？再过几天人事科就跟你说你该退休了，这个时候才来感伤。你看汉代这些人，他们老早就看开了，就喊你要去要、要去享受。

当然，我们在了解古人这些想法的同时，要注意到他们的生活背景，特别是在东汉末年，那个社会乱象纷呈，动荡不安，让一般的有知识、有身份的人，多有感慨，觉得世事不可捉摸，还不如出去多喝些酒，好生享受生活。这是当时的真实状况。我们欣赏古诗，不是喊你去向这两位同志学习；古诗也不是最高指示，一定要你去照此办理。首先我就不会，我一天到黑只守着自己的书桌。我们不过是通过欣赏这些诗，去了解古代、了解古人而已。

第七讲：古诗十九首 · 其四

今日良宴会，欢乐难具陈。
弹筝奋逸响，新声妙入神。
令德唱高言，识曲听其真。
齐心同所愿，含意俱未申。
人生寄一世，奄忽若飙尘。
何不策高足，先据要路津。
无为守穷贱，轗轲长苦辛。

这一首诗，他们还在大吃大喝，还在接着干，而且酒席都还没散，还正在举行中。

一开始就是“今日良宴会，欢乐难具陈。”哎呀今天这个宴会，硬是整得舒服哦，规格又高，吃得又好，耍惨了，所以叫“良宴会”。本来这个“宴”字并不是吃东西，而是“安乐”，就是平安和快乐的意思。但是中国古代的人，离开了酒就不欢，必须要弄点酒来助兴，所以“宴”就要有酒，后来就把设了酒的吃喝聚会叫作“宴会”了。“具”是“全部”，“陈”是陈列、陈说，就是我们四川话说的“摆”；“难具陈”就是无法全部摆出来。这后一句的意思是说这个酒席上那些安逸的事情，说都说不完！

“弹筝奋逸响，新声妙入神。”筝是一种十三弦的弹拨乐器，“奋”是高亢的琴声给人的感觉，好像它是很振奋地迸发出来的；“逸响”是不同凡响，“新声”指新创作的曲子。这两句是说，今天的宴会上，有高级乐师在演奏新创作的音乐，乐曲很美妙，弹得好得很，不是外面那些寻常场合听到的一般音乐，所以说“妙入神”。

接下来四句，是对这位乐师的夸奖。“令德唱高言，识曲听其真。齐心同所愿，含意俱未申。”“令德”是品德高尚的人；“高言”是指歌词高雅；“识曲”就是听得懂音乐，能欣赏音乐的妙处；“听其真”是说听得出那个音乐和歌词所表现的主题；“齐心同所愿”是说宴会的参与者的想法一致，和乐师所唱的是一样的；“含意”是蕴藏在心中的想法；“俱未申”是还没有能够表达出来，“申”者，表达也。这四句诗是说：德行高尚的乐师，一边演奏新创作的歌曲，一边自弹自唱，他所唱的主题，在座的人都听得懂，觉得那就是大家心中所想、只是还说不清楚的东西。

那么，他唱的是什么意思呢？接下来这六句，就一层一层地说。

“人生寄一世，奄忽若飙尘。”“寄”者，临时存放也，这是说人活在世界上，就像住旅馆一样，只是寄放，不是永久的，时候一到就要走的；而且只能寄放一次，就是“一世”，只有这一辈子，没有第二次。人生又是没有根的，“奄忽”是短暂、动荡不定，“飙”是暴风，“飙尘”就是被暴风刮着到处跑的尘埃、灰尘。人这一辈子像什么？像一粒灰尘——本来是在地上的，一阵暴风吹来，把你从地上卷起，人生这就开始了，你就在空中回旋飘荡，飘到这儿，飘到那儿，飘到南京，飘到北京，飘到上海，又飘回成都，最后又落下来，还要回到泥土中。这就是人的一生。

既然人生是这个样子，你怎么办呢？“何不策高足，先据要路津。”这个话说出来就很鄙陋了。“策”是谋划，“高足”是跨一大步，“据”是占据；“要路津”本来是指两个东西，陆路的重要关口叫“要路”，水路的重要渡口叫“要津”，这里就是指官场中那些关键的重要部门，有实权的重要位置。它是在说：为什么不早作谋划，好好算计，赶紧找机会跨一大步，快点儿去抢班，把官场里头那些要害位置抓到手？这个意思，官场上那些人都懂。

“无为守穷贱，轗轲长苦辛。”“无为”就是不要；“轗轲”和“坎坷”是通的，但是还要形象得多，它是指车子跑在坑坑洼洼的路上，颠簸不平，就是我们成都人说的“走簸箕街了”。这两句诗是说，你不要说我就是不来你那一套，我就是要安守贫贱，就是不去“策高足”抢位子，你千万不要那样想——那样的话，你这一辈子就上不了高速路，就像那个车子颠来簸去，一辈子坎坷，不会有好日子过！有时候一个坎坷还长得很，坎坷一回就去掉你二十年。

这些话是诗人的愤慨之词。他看出来东汉官场腐败不堪，一切不讲道理，不按程序，你不要以为你努力做好工作就能升上去，不是那么回事，有些人跨一个“高足”，一下就坐直升飞机上去了。诗人看得多了，心头牢骚积压得多了，一下子就这么吼出来：你何必这么老实嘛！你去学人家那些人“策高足”嘛，快点儿去把什么人事部门啦、财政部门啦这些位置抓到手嘛！

这样连起来一想，才发现前面的“令德”“高言”，都充满了讽刺的意味：你们这一帮人，“齐心同所愿，含意俱未申”，心头都是这样想的！就我一个人那么老实，我划不来嘛！这下我看懂了，要乱整干脆大家都乱整！——这才是他的真心话。

这些诗句，我读起来很是吃惊：时间都过去两千年了，怎么看起来还是这么熟悉呢？

第八讲：古诗十九首 · 其五

西北有高楼，上与浮云齐。

交疏结绮窗，阿阁三重阶。

上有弦歌声，音响一何悲！

谁能为此曲，无乃杞梁妻。

清商随风发，中曲正徘徊。

一弹再三叹，慷慨有余哀。

不惜歌者苦，但伤知音稀。

愿为双鸣鹤，奋翅起高飞。

这首诗虽然写于两千年前的西汉，但它具有一种现代性，因为它所表现的情景，与现代社会文化生活中的某些现象有相似性：看演出而入迷，成粉丝而追星……古今都有的。

“西北有高楼，上与浮云齐。”前一句说的是有一座供演出用的高楼，位于西汉首都长安城（也就是今天的西安）的西北角落；下一句是写这座高楼很高。那个时候的房子都很矮小，所以楼房就很突出，诗人更把它的高度作了夸张。古人解释诗歌，有时过于牵强，比如对这个“西北”，就曾有人说东南方温暖，所以愉快的事情就用东南的方位；而这首诗是有悲愤气息，所以就要选在比较阴冷的西北角。虽然古诗中也确实有把楼台放在东南去写的，比如“日出东南隅，照我秦氏楼”，也是一首很有名的诗的开头，但你读完全诗就会发现，这种解释很牵强，没有意义。

下面两句，是对这座楼房的具体描写：“交疏结绮窗，阿阁三重阶。”西汉时候没有玻璃，窗户中间是很多叫“窗棂”的木条，这样既能挡风，又能采光。一般的窗棂就是竖起的木条，而这座楼的窗棂是交叉的，构成比较讲究的装饰图案，但留有很多采光的空隙，“疏”者疏漏也。“绮”是一种丝织品，通常用来作装饰材料；“结”是捆扎，“结绮窗”，就是用“绮”来作窗帘。“阁”通“搁”，就是把东西放在另一个东西上面，这里指楼上的楼，但前面已经说了“西北有高楼”，如果你这里用“还有一层楼”，就显得词汇贫乏，影响诗歌的美，所以它用“阁”。前面这个“阿”要读“ē”，本来是指凹曲的地形，也用来形容建筑物的顶部内凹，向外延伸挑出翘角，“阿阁”就是屋顶上有飞檐翘角的阁楼。“三重阶”，就像北京故宫里面的太和殿、保和殿，它下面的石阶梯通上去以后，还有一级石头基座，把建筑物再垫高一层，这就叫“三重阶”。这些具体的描写，是为了烘托这座楼的华丽、考究。

诗歌的描写也讲究顺序，一步一步地来。诗人先写眼中看到

[宋] 佚名 《江天楼阁图》

的楼房，写到“三重阶”的时候，他显然还没上去，但是已经听到了楼中的音乐了，所以说是“上有弦歌声”。“弦歌”就是一边弹奏弦乐，一边唱歌，就像我们现在的吉他歌手的表演形式。这个音乐的基调是怎样的呢？“音响一何悲！”“音”是唱歌的声音，“响”是乐器的鸣响。“一何悲”的这个“一”，只是为了“垫字”，把诗句垫成五言，本身没有意义。比如杜甫的《石壕吏》：“吏呼一何怒，妇啼一何苦”，两个“一”都是“垫字”。“音响一何悲”就是“音响何悲”，是感叹这样的唱腔和这样的伴奏，怎么如此悲伤啊！

读到这里，可能大家都发现问题了：这几句诗怎么不押韵呢？这是因为古时候的一些字，发音和我们现在是不一样的，读古诗的时候需要注意这个常识。这里的“阶”和“悲”，按古音读应该是“jī”和“bī”，它和前面的“浮云齐”、后面的“杞梁妻”、“正徘徊”（徊音古读“huī”），都是押韵的。

音乐是打动人的，还起了移情的作用，让表演者都进入了诗人的心中，他不由自主地想去了解，看看这位歌手到底是个什么样的人？她怎么唱得这样悲惨？这样他就上楼了，进了那个演唱会场，边观察边猜测：“谁能为此曲，无乃杞梁妻。”这里的“无乃”是个倒装词，就是“那不会是”的疑问，“乃”就是“那”。“杞梁妻”是一个典故，说的是春秋时候，齐国有位姓“杞梁”的将军，战死后遗体运回国都临淄，就是现在的淄博，当时是全中国最繁华的城市，他的妻子在城门口迎接丈夫的遗体，放声痛哭，边哭边唱，一连十天，不仅让所有听见的人都为之落泪，最后把临淄的城墙都哭倒了！后来的孟姜女哭倒长城的故事，就是附会这个典故而来的，连孟姜女的丈夫“万喜良”的名字，都是附会那位“杞梁”将军的。后来古人就用“杞梁妻”，代表那些演唱悲歌打动人心的女子。诗人写到这里，已经对这位女演员无限崇拜，成了她的粉丝了。

接下来就是具体描写这位女演员的演唱：“清商随风发，中曲正徘徊。一弹再三叹，慷慨有余哀。”“清商”是清亮的高音，中国古乐曲有“宫商角徵羽”五种调子，类似于现在歌曲的调式，其中“商”调比较高；“清”是歌手的声音很清亮，显然这位歌手是女高音，她清亮的高音让诗人产生了联想，觉得歌声带起了清风，随风流播。“中曲”是曲子的中间，“徘徊”是不断重复，这一句是说演唱的中间阶段，有一段旋律反复回旋，好像心事重重的徘徊。诗人怎么会有这种感觉呢？原来，这时候演员是在“一弹再三叹”。“叹”是“咏叹”，就是反复在那里重复。她重复的是什么内容呢？“慷慨有余哀”，就是那歌声非常感伤，似乎有抒发不尽的悲哀。“慷慨”又是一个双声连绵词，不能分开说“慷”是什么、“慨”是什么；“余”就是完不了，无法收住。“哀”在这里应该读古音“yī”，你们看这个“哀”字的结构：中间这个“口”

是表意的，悲哀的表达要用口说出；上下凑拢来就是“衣”，它是声符，注明了这个字的读音，我们现在的读音是改变了的。

在前面，诗人一直是一个旁观者，只是听演唱，最后这四句，情况变了，他把自己直接放进去了：“不惜歌者苦，但伤知音稀。愿为双鸣鹤，奋翅起高飞。”他看到这位演员的演唱很投入，不仅声音悲凉，表情哀伤，很是凄苦，但他更惋惜的是“知音稀”，就是说下面那些听众，抽烟的抽烟，吃瓜子的吃瓜子，打手机的打手机，根本就没有进入歌手的境界，所以他们都不是知音。只有他是。他不仅是知音，而且已经成了粉丝了；他不仅听得懂、看得专心，而且还想参与进去，陪着这位女歌手一起唱，这就是“愿为双鸣鹤”。显然，我们这位诗人，已经爱上这位女演员了，而且想入非非、还想拐骗人家，要“奋翅起高飞”了，就是说，世间的其他事情他全都忘了，不管了，抛开了，只想跟这位女歌手一边合唱、伴唱，一边比翼齐飞。

为什么我说这首诗具有现代性呢？我们把它的内容慢慢搞懂以后，就会发现它表达的情形和我们今天确实相似——你们看现在的很多演唱会上，那些粉丝们对歌手那种如痴如醉的感情，那种追星的疯狂劲头，不是差不多吗?

这首诗的妙处很多。首先，它通过听者的感觉和情态的变化，不露痕迹地写出了音乐的美，歌声的美，让我们去体会这种美是怎样地打动人。而且它没有把啥子都交代完，而是留有余地，让我们发挥想象，产生猜想，产生联想。你们看——诗人并不是一开始就安心要来听这场演唱的，要是那样的话，就应该是人家还没开场他就坐在里面了。他不是。他好像是从楼下偶然路过，或许还是他的太太喊他上街打酱油，结果他从那下面一过，那个歌声一下子就把他抓住了，自己要办的事情就忘记了，就情不自禁地走进去了，然后就坐下来听了，最后还爱上人家了，想双双飞到天上去了……它给我们留下了这么大的想象空间，有很多回味的余地，少见的生动啊！这就是好诗。

第九讲：古诗十九首·其六

涉江采芙蓉，兰泽多芳草。

采之欲遗谁，所思在远道。

还顾望旧乡，长路漫浩浩。

同心而离居，忧伤以终老。

现代人出行，不管走多远，来回都很快；哪怕到了地球的那一边，也可以经常电话联系，啥子手机哟，视频电话哟，拿起来拨几下就可以通话，非常之方便。古代就不是这样，一旦分开了，空间距离一远，可能就是好多年都见不了面。这一首诗，写的就是一位丈夫出差远行，很久都回不了家，思念家中的妻子。这中间原因很多。或者他是个当官的，上边要他在那边留任？也可能是遇到内乱，打起来了，回家的路走不通了？这一类事情，在古代是非常多的，所以才有那么多诗文，写分手，写别离的痛苦。

第一句“涉江采芙蓉”的“涉江”，是指坐船渡过长江。因为在汉代，“江”是专指长江的，那时候过长江，只能是坐渡船。这个“涉”本来是赤脚踩水的意思，篆文“涉”左边是画的一条河，

[五代]董源 《潇湘图》

右边的“步”，就是一前一后两个脚印，什么意思一目了然。引申出来，只要是渡过江河，都可以叫“涉”。“芙蓉”在古代是指荷花，不是我们成都的这种芙蓉，我们这种芙蓉在古代叫“木芙蓉”。“芙蓉”这两个字是可以分开讲的，“蓉”就是花，“芙”这个音在古代就是形容大的，比如古时候传说东方有一棵大树，太阳就是从那棵树上出来的，可以想象那棵树非常之大，所以就叫它“扶桑”，两个字虽不同，都是取“fu”的音。因为荷花的花朵相比其他很多花都大，所以叫“芙蓉”。长江里面是没有荷花的，不可能在长江里面采。到什么地方采呢？第二句就说明了，他是在“兰泽”里面去采的。“泽”是水草相交的地方，就是今天说的湿地，沼泽草甸，英文“meadow”。为什么叫“兰泽”呢？因为这一片湿地水草交错，有很多野生的草本菊科植物，很芳香，有药用，那也叫“兰”，不是我们现在养的兰花。“芳草”泛指芳香的植物，这是一种暗示：这个“兰泽”里面并不是只有荷花，但他不采其他的香草，只采了芙蓉。显然，诗人心中是有所思的，其所思和荷花有关系，所以他才只是“采芙蓉”。

篆文　涉

“采之欲遗谁，所思在远道。”这个“遗”要读“wèi”，是馈赠、给予的意思；“道”在这里要读“tǎo”。这两句是说，我采了荷花要送给谁呢？要送给我所思念的那个远在天边的人。可以猜想，那个人小名就叫荷花？他们的关系非同一般，似乎非常之恩爱。诗人不是直通通地说什么“我要送给你哟，送给我的妻哟”，而是借这个只采荷花的动作，告诉远方那个思念的对象：我虽然到了江南，我心中思念的人还是你，也只有你。

“还顾望旧乡，长路漫浩浩。”“还”在这里读“huán”，“还顾”就是回过头去看；他看哪里？看长江以北，他的家乡。这个时候我们可以大体断定，诗人思念的，是他留在家乡的太太。“长路”就是“远道”，意思是一样的，他只是换了一个词避免单调。“漫”是漫长，“浩”者大也，无边无际也；“漫浩浩”是说那通往远方的路，不但很长，还空阔浩茫，让诗人的视野充满了一种空空荡荡的惆怅。

下面就更说明他们是夫妻关系了。“同心而离居，忧伤以终老。”到“同心”这两个字，诗人就给我们交了底：他所思念的那个远在家乡、他只有用采摘荷花来表达思念的亲人，就是他的太太。他们夫妻关系本来很好，后来不得不分手，这就是“同心而离居”。他只有年复一年地在江南采摘芙蓉，来寄托情感。但是采了芙蓉也无法送给太太，徒然增添了思念的忧伤，如果这辈子回不去了，这种忧伤，这种无穷无尽的遗憾，就要伴随自己一辈子，那就是“忧伤以终老”。

这首诗写得非常婉约，人物的关系、情感状态和诗人自己的心境，都是曲曲折折地表达出来的。这么好的诗，我们应该把它背下来，在反复吟诵、慢慢背诵中，去体会诗歌的美，体会这种情感的美。

第十讲：古诗十九首·其七

明月皎夜光，促织鸣东壁。
玉衡指孟冬，众星何历历。
白露沾野草，时节忽复易。
秋蝉鸣树间，玄鸟逝安适？
昔我同门友，高举振六翮。
不念携手好，弃我如遗迹。
南箕北有斗，牵牛不负轭。
良无磐石固，虚名复何益。

古人没有夜生活，晚上又没有电视看，天黑人闲，那些不愉快的情绪就会涌上心头，引出种种忧愁烦恼。我们这位诗人，显然是命运不好，困守在家乡，可能还有点儿穷愁潦倒，就是在这样一个愁闷难平的秋夜，想起了他旧时的同学朋友。从前他们有那么深的友谊，现在一个个要么升了官，要么发了财，但是都把他忘了。他心中涌起各种不快，就走到外面散步来了。

刚一出门，他就感叹：好明亮的月亮啊——“明月皎夜光”，就是他走出屋子的第一感受。“皎”是很强的月光，是眼睛看见的。接下来是他听见的：“促织鸣东壁”。这一看、一听，一个深秋月夜的清冷寂静，就呈现出来了。“促织”就是蟋蟀，一到秋天的晚上就“qüqür”、“qüqür”地叫，所以又叫蛐蛐儿。古人把它叫“促织”，是因为它秋天开始鸣叫，好像在提醒农妇抓紧织布，该做御寒的衣物了。《礼记·月令》里面就说“立秋蟋蟀鸣”。原来我不相信，专门去验证过，一连几年，立秋一过，我就在我住的那个小区里面去听，真是有那么怪——立秋之前听不到，但是立秋一过两三天，庭院里面就到处都有蟋蟀叫起来了。为什么是“鸣东壁”呢？有道理。首先，古时候的建筑，墙壁上有很多缝隙，昆虫怕冷了，就会往墙缝里面钻；其次，北方的庭院，正屋都是坐北朝南，东南西北的方位是清清楚楚的；那么，庭院里面，哪里最暖和呢？东边的院墙。因为它被落日的余晖照得最久。这么一分析，我们就能够判断，这时一定是深秋时节了。读诗要细心，还要有点生活常识。这个“壁”要读“bie”的入声，才能押韵。

接下来这两句：“玉衡指孟冬，众星何历历。”可以进一步证明是深秋的深夜。“玉衡”是什么？这是古代天文学的一个专门术语。古人把北斗星想象成一个舀酒的斗瓢，下面四颗星组成瓢儿，叫“斗魁”；斗柄上的三颗星，就被想象成瓢儿的把子，就叫“玉衡”。“玉衡指孟冬”这个“孟冬”，从古代起，直到现在还争论不

[五代] 黄筌 《写生珍禽图》

休，有人说诗里面明明写的季节是“孟冬”了，怎么会是秋天呢？但是如果是冬天，北方的蟋蟀怎么还在叫呢？不符合生活常识。那到底这首诗写的是秋季还是冬季呢？给《昭明文选》加注的唐朝人李善就创造了一个说法，说是“汉之孟冬，今之七月也”，意思是说因为汉高祖是阴历十月打进函谷关，把秦灭了的，因此汉代就以十月为岁首，所以七月就成“汉之孟冬”了。这样说完全夹缠。因为汉代这个改变，改的是各个月的名称，不可能改变季节。但是李善这样一错，就导致后来的人争论不休，各种各样的观点、说法，都可以编一本书了。本人是第一个提出“孟冬指方位而非季节”的。至今我都没看到哪一家的注释采纳鄙人的这个看法，所以我多说几句。

天象学知识告诉我们，北斗星是旋转着的，一夜之间，北斗星的斗柄所指的方向不同。北方秋天刚入夜的时候，“玉衡”指的方向是在西偏北一点点，这叫“斗柄指西，天下皆秋”；但是到了夜深你再去看，斗柄旋转了，“玉衡”指的方向就往北方移了，北方就叫冬（相应地，斗柄指东方就叫春，斗柄指南方就叫夏），因此这个“玉衡指孟冬”是说夜已经很深了，不是在说季节。这并不奇怪，类似于我们现代航空航海用“几点钟”来指示方位一样，它把整个空间看成一个钟面，时钟的数字位置就表示不同的方位，他口头报的是几点钟，但其实说的不是时间。后面这一句“众星何历历”（这个“历”要读“liè”），是说满天星星一行一行地排得很清楚，就是民歌中间唱的“天上星星儿排打排”。正因为是秋夜的晴空，星星看得很清楚，所以诗人可以描绘天象来交代时间。古人没有钟表，他到了晚上要判断时间，就要观察天象，不同季节的天象是不一样的。我们今天有钟表，很方便，所以就没有古人的这些常识了。

“白露沾野草，时节忽复易。”这是一个恍恍惚惚的疑问。诗人借着月光，看到草上光亮的露水珠，不觉诧然：怎么突然一下就夏去秋来了呢？这里的“白露”不是季节，而是眼前景物；“忽”是突然，“复”是“又”的意思，“复易”就是“又改变了”。“易”也要读“yè”，才能押韵。

“秋蝉鸣树间，玄鸟逝安适？”深秋的夜晚，蝉子还在那里“呀——呀——呀”地鸣叫，而那些消失了的燕子，它们飞到哪里去了？燕子的羽毛是黑色的，古人把黑色叫“玄色”，所以燕子又叫“玄鸟”；“逝”是消失，不在了，比如某人去世了，我们就说他“逝世”了。“安”是“哪里”；“适”是动词，读“se”的入声，“去”的意思。诗人似乎不知道燕子也是候鸟，所以会这样问，既渲染了他那种疑惑的心境，也为下面的心绪道白做好了铺垫。

天色季节、时辰景物都交代清楚，烘托够了，诗人就开始说他的心思：“昔我同门友，高举振六翮。不念携手好，弃我如遗迹。”这个“门”指的是学校的门，“同门友”就是同学；“高举”是高飞远走了；“振六翮”的“翮”要读“hei”的入声。鸟类翅膀上的羽毛，是由两部分构成的，靠近身体那部分是短羽毛，翅膀外缘是六根长的羽毛，那就叫“六翮”。各位可以去拉开自家养的鸽子的翅膀看，一定是这样的。这四句诗是说，从前我那些同学们，都像这些消失了的燕子，拍起翅膀飞走了，他们忘记了当初，我们手牵手一起要的那些情谊，把我抛弃了，好像他们忘记了自己的脚板印一样。“遗”是留下来的，“迹”是脚印（“迹”在这里也要读“jie”的入声），因为一般人都不会注意自己走路留下的脚印，这个比喻说明诗人对生活的观察是非常细致的。

前面说了，古代的人都认识星座，诗人抬头一看，看见南方天空的箕星和它北面一点的南斗星（不是北斗），然后又看到了偏东一点的牵牛星。箕星是四颗排列成撮箕状的星；南斗也是排列成酒瓢形状的；这里的“牵牛星”不是那个和织女星隔着银河相望的“牛郎星”，而是南方天空上，中间一段呈弯曲形状排列的六颗星，古人把它们想象成拉车的牛，给它取名“牵牛”，“牵”者拉也。“负轭”的“轭”，也叫枷担，是让牛拉车、拉犁的时候，挂在牛颈子部位的一个弯曲的木架子，以免重物滑脱。诗人看着这些星座，就想起自己那些同学，徒有朋友之名，没有朋友之实，就像这些星座——那个箕星，像撮箕却不能拿来撮垃圾；那个南斗星，像酒瓢却不能用来舀汤水；牵牛星也不可能真的挂上轭去拉车，这些都是虚的，都是空有其名而已。所以他说“南箕北有斗，牵牛不负轭”，接着又感慨“良无磐石固，虚名复何益”——我现在看穿了，这个世间没有什么东西是稳固的，都靠不住；什么同学啊、朋友啊，原来那么好，都是虚的，毫无用处，跟这些有名无实的星星儿一样的！“良无”就是“真的没有”，实在找不出；“磐石”是巨大的、很稳固的石头，你很难动得了它，所以我们有个成语叫“坚如磐石”；“益”就是用处（也要读“ye”的入声）。

孔子说过：“诗可以兴，可以观，可以群，可以怨。”这首诗就是“怨”，诗人对朋友的抱怨。古代人有些观念，和我们今天不同，他们认为一旦是同学、朋友，就要“有福同享，有难同当”，就是说我要是当了厅长的话，就要给我的老同学、老朋友安个官儿，至少当个处长、副处长。这当然不符合现代文明。我们现在主张各人的道路要个人自己走，要靠自己去奋斗，不能指望朋友提携，更不能为此就抱怨朋友。自己发达了就把朋友拉上去，那叫拉帮结派，是现代社会所不取的。但我们可以用一种历史的眼光，去理解这位诗人的心境。

第十一讲：古诗十九首 · 其八

冉冉孤生竹，结根泰山阿。

与君为新婚，菟丝附女萝。

菟丝生有时，夫妇会有宜。

千里远结婚，悠悠隔山陂。

思君令人老，轩车来何迟！

伤彼蕙兰花，含英扬光辉。

过时而不采，将随秋草萎。

君亮执高节，贱妾亦何为！

我们现在，基本上已经没有“订婚”这个概念了，有些新潮的年轻人，连结婚都不要，直接就同居了，何况“订婚”！但是古代人认为，订婚是一件大得很的事情，一个女子一旦订了婚，她就算是男方家中的人了。但是从订婚到结婚，古代是很麻烦的。在古代人看来，婚姻不是当事男女两个人之间的结合，而是两个家庭，甚至是两个家族的结合。“婚姻”这两个字，指的就是双方家庭，女家叫“婚家”，男家叫“姻家”，这是“婚姻”二字的本义，也就

[清] 项圣谟《蒲蝶图》

是古人对婚姻的理解。所以，什么时候举行结婚典礼，就有各种讲究，要由家长做主，一会儿是家族中有什么事情要忌讳，一会儿日子又不对，甚至会认为某些年份都不对，这一等就有可能要等两三年，才能完婚。这首诗中的这个女子，就是已经订婚，但还没有正式办婚礼，她只有在家中苦苦等待。

前面这两句，表达的是一种羡慕："冉冉孤生竹，结根泰山阿。""冉冉"就是荏苒，柔弱无力之貌，我们现在的口语都还在用，成都人经常说的自己非常累，是累"ráng"了，这个"ráng"，就是"冉"，也是荏，就是说自己累得没有一点力气了，一身都"ráng"了。"孤生"是独零零的一根。本来竹子是一丛丛地生长的，"孤生"就很不容易长得起来。泰山是华北平原的名山，以高大雄壮著称；"山阿"是山的角落（这个"阿"，仍然要读"ē"）。泰山稳固，山阿无风，孤零零的竹子一旦被栽在那里，一辈子就稳稳当当，命运就好起来了。这是什么意思？是女子的命运要取决于他人，正如白居易所写的"为人莫为妇人身，百年苦乐随他人"。这个女子用那根"孤生竹"的幸运，来表达自己的羡慕。

但是这只是理想。实际上呢？我和你就不是孤生竹和泰山的关系，而是"与君为新婚，菟丝附女萝"。这个"君"就是和她订婚的那个男子；"新婚"在这里是指订婚，不是结婚；"菟丝"是缠络在草茎上生长的植物，状如细丝，非常柔弱，比那个“冉冉孤生竹”还要柔弱，是这个女子比喻她自己；“女萝”是山野中松树上面，那种吊在松枝上的须须，也是一种寄生植物，又叫松萝，这是比喻那个男方。这两句是说我们都没有背景，都不是太子党、富二代，都是民间老百姓，穷家庭，我是冉冉无依，如菟丝在草；你也是冉冉无依，如女萝在树；我们的结合，就好像“菟丝”缠在“女萝”上面一样。

“菟丝生有时，夫妇会有宜。”这是说我就像菟丝草，青春短暂，生命是有时限的，而结婚偏偏又有那么多讲究——弦外之音是说我的青春只有那么长，经不起这样的耽误。这个“会”是“结合”的意思，就是指的举行婚礼、正式结婚；“有宜”其实是说有“宜”、有“不宜”，有那么多讲究。你们去翻旧的黄历，那上面就有各种各样的“宜”和“不宜”：哪一天“宜婚嫁”，哪一天“宜搬家”，甚至还有“宜剃头”，我当小娃娃的时候就是这样，连剃头的时间都是有讲究的。婚嫁这样的大事情，那个规矩就更多了。

“千里远结婚，悠悠隔山陂。思君令人老，轩车来何迟！”这是夹杂着诉苦的抱怨——我们两家离得很远，中间还隔着一重重的大山，见面很不容易；我天天在这里想念你，隔山隔水地空相思，把人都想老了，你还迟迟不派婚车来迎娶，拖了这么久！

这个“结婚”是指结成婚姻关系，就是前面说的订婚；“山陂”是山坡；“轩车”是迎婚的专用马车，装有车厢，车厢上面有篷，篷还很高。

这样一来，这个女子就很痛苦：“伤彼蕙兰花，含英扬光辉。过时而不采，将随秋草萎。”——我本来是春天的兰花，为了等你，都成了夏天的蕙花了，如果你还要我这么等下去，那就什么花都不是了，就等同于秋天的衰草，很快就会枯萎了。“蕙”和“兰”都是兰花，季节不同叫法就不同，是“春兰夏蕙”；“含英”在这里指还没开花的花蕾；“光辉”是说又有光泽，又很漂亮，“辉”就是“亮”。这几句诗表达的意思，有点像唐诗里面杜秋娘写的“有花堪折直须折，莫待无花空折枝”哦！

最后两句，既表示对那个男子的信任，也希望他能理解自己：“君亮执高节，贱妾亦何为！”“亮”是“明亮”“明白”，我们说某人“心头是透亮的”，就是说他是明白的；“高节”是很高的道德修养；“贱妾”是从前女子的谦称；“亦何为”是“还能怎样呢”。这就是说：你素质、道德修养是很高的，我相信你不会移情别恋；但你是个明白人，应该晓得着急；我不过就是说说哀怨，还能怎么样呢！

这首诗写得非常委婉。现在的女子，哪怕是农村姑娘，跟她妈妈一吵架，提起包包就走了，就去男朋友那里出气散心去了，要得上好的。古代女子就不行，很多委屈只能憋在心里。读了这首诗，我们就能理解古代女子的各种碍难，让我们同情她们的遭遇。

第十二讲：古诗十九首 · 其九

庭中有奇树，绿叶发华滋。

攀条折其荣，将以遗所思。

馨香盈怀袖，路远莫致之。

此物何足贵，但感别经时。

这首诗是写一个留在家中的少妇，思念她远方的丈夫。这是中国古诗很常见的一种类型，叫“闺怨诗”。

这首诗一开始，是一个少妇看见窗外，自家庭院里一棵树开花了：“庭中有奇树，绿叶发华滋。”什么叫“奇树”？很少见到的树。它“奇”在哪里呢？“绿叶发华滋”，就是满树叶子都绿了，又开出花来。我们在南方，不会觉得这种现象有什么奇怪，但是古诗十九首的背景是洛阳，属于华北地区，那里的树到冬天就落叶，只剩光秃秃的树枝，只有少数针叶树种例外。所以到了春天，要开花的那些树，不管是桃花、李花，还是杏花、玉兰花，都是先开花，后长叶子。而这棵树不是这样，它很可能是从南方移栽来的，洛阳地区很少见，所以说是“奇树”。这句诗也就告诉了我们，这

[明] 戴进 《溪堂诗思图》

个时候已经是夏季了，因为绿树成荫以后又开花了。这个“华”就是“花”，“花”字是到南北朝以后才普遍使用的。大家看这个“华”的古文字形：上面草头，文字学术语说是“从草”，表示它是植物；下面这个像“亏”的字符，古音读“yū”，又读“hū”，是作这个“华”字的声符，华字的古音就是读“hū”；中间部分象形：好像一条树枝上垂下来的一串花絮。“发华”就是“开花”；“滋”是湿润、滋润的意思。花朵初开，和嫩叶刚长出来的时候一样，都给人很滋润的感觉，所以是“发华滋”。那么它是一棵什么树呢？我们现在还不知道，先往下面读。诗贵含蓄，它给你展示了人物，展示了现场，这里面显然有故事，但它要让你去慢慢想，让读者进入诗歌的情节之中。

篆文 华

这棵树也不大，开花的地方并不很高，可以“攀条折其荣”，这个少妇一伸手就可以抓住它的枝条来摘花。古代“荣”字也是花，一般是表示树上开的花。“荣”字的金文字形（刻在青铜器上的文字），就是两根交叉的花枝。后来把那个交叉的树枝写成一个盖子，又把上面的两丛花错成两个火字，再加一个木，表明它是树上生的，小篆的“荣”字就是这么来的。它和我们成都的简称“蓉”，在古代是同一个字。这个少妇摘下花

篆文 荣

来要做什么呢？“将以遗所思”，就是要拿去送给我所思念的人。这个“将”就是拿在手上，是动词，不是英文中的“shall”、“will”那个意思。“遗”在这里还是读“wèi”，赠送的意思；“所思”是自己所思念的人。

各位朋友，大家用这个“思”字都用了很久了，是不是也有过这样一个疑问呢——它下面是“心”，这个很好懂，因为我们说“心思”，心中所想就叫“思”，但为什么上面是个“田”呢？思考、思想和一块田有什么关系呢？答案是确实没有任何关系。这是文字发展中，为了书写方便，才写成田字的。请看古文“思”字，那上面不是一个“田”，而是像一个瓜子形，中间打个叉叉，这个字读“xìn”，象形，像什么形？像奶娃儿的囟门。大家去看奶娃儿，他的头盖骨还没有合拢，头顶上有一个地方有一点凹，还能看见脉搏在那里跳，那里就是“囟门”，就是我们说的“脑门囟”。这个囟字，在这里是用局部代替整体，代表的是头脑。原来有些人说我们中国人搞错了，人家西方人才是对的，思考是用脑，不是用心。错了！这个“思”字的造字，就说明我们中国古人认为思考是既要用脑，又要用心的：思想是从心中到脑中，又从脑中回到心中的。

篆文　思

接下来，“馨香盈怀袖，路远莫致之。”是说摘下这个花以后，满身都是香味了，但是我和那个“所思”的人隔得太远，没有办法送给他。本来，“馨”就是香，香也是馨，“馨香”连用，构成一个双声连绵词，强调那个花非常香，不同于淡香的花。李清照的词说“东篱把酒黄昏后，有暗香盈袖”，也是“盈袖”，但那是菊花的香味，是“暗香”，就是淡香。“盈怀袖”，是身上也在香，袖口也在香。为什么会这样？显然是那个少妇摘下花后，不仅把花装进了袖口的衣袋里（古人的袖口是很大的，衣袋就在袖口里面），而且解开衣襟，把花放到了怀里，低头向怀中，抬手到面前，都能闻到香味。少妇这个时候才想起：他走得那么远，我怎么送去呢？诗写到这里，还是没有直接说在思念丈夫，这就是含蓄。

怀的正体字是“懷”，它就告诉了我们“怀”是什么意思：它左边是心，与人的感情有关系；右边的中间那一部分，音“dɑ”，象形，好像是一只眼睛在落泪，而右边的上下是一个拆开的衣字。这个“致”是送达，相当于英文的“send to”，所以把我的敬意送过去就叫“致敬”，把我的仕途送回去就叫“致仕”。

现在我们可以来猜想那棵“奇树”是什么树：它是从南方来的，夏天开花，花还很香，花朵不大，那么，它不就是白兰花吗——就是我们四川人喊的黄桷兰。

然后，这个少妇做了一番意味深长的解释，也是感慨：“此物何足贵，但感别经时。”这个花并不是多么珍贵，我戴上它，只是因为它提醒了我，我和“所思”的那个人，已经“别经时”了。古人把四季叫“四时”，“经时”就是过了一个季节了，我们从“经年”就是过了一年、“经月”就是满了一个月，就很好理解。由此可以推断，这位少妇的丈夫是春天就走了，到夏天还没回来。这就已经把她在闺中的思念，很含蓄、很委婉地表达出来了。如果直接说：这么长的时间了，我的男人嘞，你快点儿回来。那样就粗俗了。

这首诗告诉我们，一个人的内心世界，完全用不着直接说，可以用一些动作来形象生动地表达：这位少妇一开始是抬头看见花开，然后到庭院里去看花，摘下来塞进袖子，放进怀中，然后闻到这个香味，想起她的丈夫——唉，他都走了一个时节了！说到这里就完了，就不用再说了，点到为止，已经神情毕现。不像现在的那些流行歌，只晓得“郎”啊“郎”地喊，还要死要活的，好像不这样就无法表达思念，既不美，又让人家看出你没有文化。

第十三讲：古诗十九首·其十

迢迢牵牛星，皎皎河汉女。

纤纤擢素手，札札弄机杼。

终日不成章，泣涕零如雨。

河汉清且浅，相去复几许？

盈盈一水间，脉脉不得语。

这是一首关于星空、关于神话的诗。

我们现代人生活好了，吃也吃得好，穿也穿得好了，但我们同时失去了很多东西。其中有一点是我深为惋惜、很想提醒大家注意的，那就是我们失去了夜晚的星空。在我们成都地区，由于大气污染，夜晚已经看不到几颗星星了，偶尔能看见的，只有太阳系里面的几颗行星，而大量的恒星我们看不见了。大家知道吗？天空上有八十八个星座，在我们北半球，至少能看到四十多个，但是诸位可能一个都没看到过了。我现年八十一岁，在我的童年时代，夏末秋初的夜晚，就能看到一条浩浩荡荡的天河，在我们头上无声地流过，从正北向正南方向划过天空，这在《礼记·月令》里就有记载，叫“汉案户”。“汉”就是天河，“户”是指门户，因为那个时候北方的房屋都是坐北朝南，开门都是向着南方的，所以从门洞里就能看到由北向南的天河。如果时令再晚一点，天河的方向就会变斜，古代民谣把这种天象叫“河射角，堪夜作”，《礼记·月令》里也有记载。我小的时候，一到夏天的夜晚，常常是一家人坐在星空下，一边乘凉，一边遥看天上的星星，大人就会告诉我们哪里是天河，哪里是什么星，就要讲故事给我们听。这是我比各位年轻的朋友们幸运的地方，头脑里还有许多关于星空的生动的记忆。这种记忆是终生不忘的。

星空里有许多神话故事，比如像天河和牛郎星、织女星，我小时候就知道这个悲剧故事：他们本来是一对恩爱夫妻，王母娘娘嫌他们不好好干活路，就划了一条天河，把他们隔开了。关于这个神话故事的最早的记载，就是我们现在要讲的这首诗。

“迢迢牵牛星，皎皎河汉女。”这就把神话故事里的两个主角点出来了。“迢迢”是形容很长，在这里是说牵牛星座的三颗星拉得很远。这三颗星在天河东岸排成一条直线，与天河平行。在神话故事里，中间那颗很亮的星是牛郎，他挑着一对箩筐，分别装着他的两个儿子，就是一前一后稍微暗一点的两颗星。在天河的另一边，与牵牛星隔河相望，有一颗比牵牛星还亮的星，在天文学上把它叫一等星（牵牛星座中间的那颗是二等星），在它下方有两颗暗一些的星，左右分开，和它组成一个三角形，这就是织女星座。古人根据他们对生活的观察，把这三颗星想象成坐着的织女，两边是她踩动织布机的两只脚。“皎皎”是又白又亮，既是说那颗一等星，也是在形容那个想象中的织女。本来“河”是指黄河，“汉”是指汉水，这两条河都是东汉年间文化中心地区能看到的大河，所以被用来指天河。

接下来这两句，就是我们中国古人在发挥他们的想象了：“纤纤擢素手，札札弄机杼。”古代传说中，织女是王母娘娘的孙女，她每天要织好锦缎，在天上铺成云霞，叫“天孙织云锦”。“擢”者升起也，这里是说把手抬起来；“纤纤”是细而柔嫩；“素”是白，这些都是在说织女那双织布的手很美。在我们的第五讲中，也有一句“纤纤出素手”，也是形容美女的手，但是那里用的是“出”，是说那位歌女坐在那里，把她的手显示给别人看；这里的织女是在劳动，所以用的是“擢”。这种词语的选用非常传神。这个“弄”也很形象：小篆的“弄”字是上面一块玉（古文字玉，不是王），下面两只手在那里把玩，这就叫“弄”。“机”是织布机，“杼”是梭子，织布的时候要靠两只手来回丢梭子，所以要用“弄”。“札札”是形容脚踩织机时，发出的那种“叽嘎叽嘎”的响声。

篆文　弄

但是，织女织来织去，却“终日不成章”。“章”是图案花纹。织女在那里忙来忙去，怎么没看见织出什么图案来呢？原来，她“泣涕零如雨”，织女在悄悄地哭，还哭得很伤心。“泣涕”是无声地流泪，“零”是落下，我们经常说的“七零八落”，就是用的“零”字的这个意思；“零如雨”就是泪如雨下。这个“雨”要读“yu”的去声。

织女她在伤心，织不下去，为什么呢？这个古老传说的悲剧性就出来了：“河汉清且浅，相去复几许？盈盈一水间，脉脉不得语。”织女在思念天河对岸的牛郎。天河把他们夫妻分开了，这种分离是痛苦的，织女不能忍受。天河水那么清亮，水也很浅，只有薄薄的那一层；而且，我们从下面看上去，天河两岸的距离没有好远嘛，但是就是过不去，他们隔着这一条水汪汪的天河，夫妻二人只能四目相望，连话都不能说！“复几许”就是没有多远。这个“脉脉”，本来正体字是“眿眿”，是目旁，形容人的目光，我们说“含情脉脉”，就是说目光中间含着一个人的喜怒哀乐。简体字把它简化成中医摸脉的“脉”，简直风马牛不相及！这个目光和摸脉有啥子关系，哪个人讲得清楚？

如果有一个天文学家跑出来，说这些都是胡扯，牵牛星和织女星之间，至少隔着16光年，光的速度是每秒钟30万千米，16光年是非常遥远的距离，他们当然说不上话。如果要那样想，就真是科学一来就没有神话、天文学一来就没有诗了。

一个民族，科学和神话两样东西都需要。科学知识是针对客观物质世界的，不能拿来衡量神话和诗歌。很多传统文化的因素，就是通过神话故事来体现、来传承的。天文学的这些知识，应该交给天文学家，让他们去做科学研究；牛郎织女这样的神话故事，要留给我们的后代，一代一代传下去。它也是我们宝贵的财富，能使我们对本民族的古老记忆有所了解，懂得对人间苦难的悲悯，丰富我们的内心世界，不要以为星空下面尽是美丽的故事，还有这么叫人伤心的事情。这首古老的诗歌，就是在给小孩子进行苦难教育，告诉他们：人间有永恒的悲剧，抬头就能够看见；这也是在教育少男少女，告诉他们：爱情并不是只有甜蜜，还可能有种种不幸。这就是神话和民间传说的价值，也就是这些诗歌的价值。

各位青少年朋友，如果有机会，你们应该到那些空气没有被污染的地方，好好看一看夏夜的星空，看一下天河、牵牛星和织女星，去了解我们这个古老民族这些动人的神话故事，体会一下牛郎和织女他们内心的痛苦。

第十四讲：古诗十九首·十一

回车驾言迈，悠悠涉长道。

四顾何茫茫，东风摇百草。

所遇无故物，焉得不速老。

盛衰各有时，立身苦不早。

人生非金石，岂能长寿考。

奄忽随物化，荣名以为宝。

这首诗写的是一个有一定社会地位的人，大概是在社会上，或者是在官场上，受到了什么委屈，感到非常失落，这一天他驾着马车出门，突然心情烦躁，不想去了，就喊马车掉转头朝郊外跑。到了郊外，他触景生情，发了一通感慨。

第一句“回车驾言迈”，我们就知道他是坐在马车上的，说明他是一个非富即贵的人，因为那个时候，马车不是普通人能坐的，要么是官员，要么是贵族，或者是大商人。“回车”是改变车的方向；这个“言”，不是说话，而是一个文言虚词，在这里相当于“之乎也者矣焉哉”中的那个“焉”；“迈”是跨步向前，这里是加速前进的意思。大概他本来是要到某个地方去办什么事的，想来想去心头烦，干脆就不去了，就吩咐那个马车夫说：“算了，回头走！”就让马车换个方向跑起来。

第二句“悠悠涉长道”，是另外找一条路去跑。“悠悠”是形容道路的漫长。本来，走山路谓之“跋”，走水路谓之“涉”，后来就通用了，只要是走路，都可以叫“涉”。他叫马车漫无目的地跑，上了一条路，走着走着才发现这条路很长，后面我们就能看到，原来他这一掉头，就跑到郊外去了。

他本来是想去遣愁的，没想到“四顾何茫茫，东风摇百草”。是说马车跑着跑着，来到了一片旷野，他放眼一看，四顾茫茫，只有各种各样的荒草在大风中摇曳，瑟瑟发抖。“茫茫”是视野里空旷无物，感到特别荒凉，这是华北大平原特有的景象，我们在四川盆地是很难有这种视觉感受的。“东风”本来是说春天的风，但春末时候也是有飓风的，古书上说“冬至一百零五日后，有疾风甚雨，谓之寒食”，欧阳修也有“雨横风狂三月暮”这样的句子，都是指清明节前后刮起来的那种大风。

这种境况之下，诗人就想起了自己这些年来的经历，猛然间就产生一种省悟：“所遇无故物，焉得不速老。”这个诗人年纪已经不轻了，他蓦然想起自己这些年，好像看不到一件熟悉的东西，那些老朋友，要么死了，要么病在家中，出不来了；那些旧有的风俗

［明］董其昌 《仿古山水图》

习惯，也改变了，没有了；“故”者，旧也。人到了老年，就有这种怀旧的感觉。他于是猛然醒悟：这就是我自己老了啊！“焉得”是“怎么能够”的意思，“速老”就是越来越快地变老了。这些话都说得很深刻。我就联想到我自己，年轻的时候我走到街上，比如在华兴街啊、春熙路啊，经常能碰到熟人打招呼，看到的街道、建筑也很熟悉；这些年的感觉就不一样了，看不到了，面前的人啊、景物啊，都是陌生的，心里就要想：哦，这些都说明自己老了嘛！

这样一想，他的感慨就更深了：“盛衰各有时，立身苦不早。”什么叫“盛”？成功；什么叫“衰”？失败。在这个世界上，任随哪个人，都有他成功、得意的时候，也许在某个圈子里头，他曾经是中心人物，大家都经常提起他，不但领导表扬他，报上都经常有他的名字，那就叫“盛”；突然有一天，他出事了，比如说当官的被“双规”了，当老板的破产了，或者是当了右派了，就没有人理他了，这就叫“衰”。这些成功啊、失败啊，各有各的时候，都是要来的，一个人要想得开。只有一点要抓紧，哪一点？“立身苦不早”。什么叫“立身”？就是在社会上占一席之地，也就是俗话说的“弄对了”。诗人想起了：我也有得意的事情，也有出头露面的时候，可惜那些都来得太晚了。这个感慨好像古今都是一样的。上海那个小说家张爱玲就说“人出名要趁早”；我们成都有个叫李伯清的笑星，有一回在电视上接受采访，也是说：“我过去都是在江湖上打烂仗，现在也算是出名了，可惜就是太晚了！”他们这些话，和这句诗都是一个意思。出名晚了，意思就不大了，得意不了几天，头发就白了，背也佝偻了，棍棍也拄起了，有的还口水都滴起了，那个还有啥子意思呢？

“人生非金石，岂能长寿考。”我们是肉体的人身，既不像黄金，又不像美玉，哪能长久存留于天地之间呢？“考”者，老也；活得高寿，就叫“长寿考”。起初他是很诗意、很情绪化的，到这里他好像突然想开了，从愁绪感伤中一下回过神来，想换一个哲学头脑了。本来在古代，“金”多数情况下都是指金属，铜叫“黄金”，铁叫“恶金”，我们现在说的黄金，过去叫“赤金”，又叫“美金”。但这里的“金”显然是赤金，因为它是能够和“石”相配的。这个石是长期质地不变的石头，当然就是玉石，“石之美者谓之玉”嘛。

想到这里，诗人意识到人生短暂：“奄忽随物化”呀！“奄”就是掩，就是被遮蔽了；“忽”是短暂，一瞬间；“化”就是没有了，消失了——盐在水里溶解，冰雪在阳光下融化，我们都说它们“化”了，就是这个意思。人生也会在世上消失，也会“随物化”，和那些有生命的万事万物一样，时间一过，就什么都没有了，全都消失了。而且，这些都是很短暂的，一瞬间就要落幕：一瞬间“下课”了，一瞬间就老了，一瞬间，人就到殡仪馆去了。那么，人这一辈子，究竟活个什么呢？这位诗人的想法是要活一个美好的名声，就是“荣名以为宝”。“荣名”是好的名声，“宝”是珍贵。我们要珍贵什么东西呢？是珍贵眼前那个官帽子、存款折子、那几张银行卡吗，还是珍惜自己留下来的名声呢？人这一生固然很短，但你的名声是要留下来的，叫“人去留名，雁去留声”。这个官员在这一点上还有所追求，还想留下好名声，这当然还是比较高尚的，比只追求物质的东西要好得多。大家知道北京那个“荣宝斋”吗？它的店名就是从这里来的——不管是书也好，画也好，都是要落名的，大家要珍惜自己的名声，要“荣名以为宝”。

这是一首很完整的诗。起初，诗人的心情很不好，非常烦躁，出去一看四野茫茫，回头一想岁月不再，他的黄金时代早已经过去了，那些旧事物都看不见了，人也换了一茬又一茬了……最后他还是醒悟了：哦，人生本来就是这样短，不可能永恒，不要去追求那些虚妄的东西，要珍惜自己的名声，至少不要走了以后让人家骂，说那个狗日的东西坏得很，把我们整安逸了！

这是东汉那个时代，一种有社会地位的人，对人生的思考。

第十五讲：古诗十九首·十二

东城高且长，逶迤自相属。
回风动地起，秋草萋已绿。
四时更变化，岁暮一何速！
晨风怀苦心，蟋蟀伤局促。
荡涤放情志，何为自结束！
燕赵多佳人，美者颜如玉。
被服罗裳衣，当户理清曲。
音响一何悲！弦急知柱促。
驰情整巾带，沉吟聊踯躅。
思为双飞燕，衔泥巢君屋。

这首诗很有意思。

诗人从洛阳城的城墙说起，一会儿城墙，一会儿秋草，一会儿感岁伤时，一会儿又绕山绕水地引用《诗经》上的典故，然后又说他如何专心地看演出，最后才画龙点睛，说出他真正在想的事情。这是个什么事情呢？我们来慢慢地读。

一开始是说城墙："东城高且长，逶迤自相属。""逶迤"又是一个叠韵连绵词，形容那个城墙连绵曲折、弯来拐去。"自相属"是指它自己一截连着一截，"属"就是连在一起（所以我们家中的亲人就叫"家属"）。虽然他也没说车，也没说自己的身份，但我们能从诗句中读出来——诗人如果不是坐在马车上，他怎么能沿着城墙跑那么快呢？他要是在城里面跑，怎么能看到城墙这种"逶迤自相属"的特点呢？这一分析，我们就很自然地想知道：这个有一定社会地位的人，他跑出城去要干啥呢？

"回风动地起，秋草萋已绿。"这是诗人在城外看到的景色。"回风"就是我们说的"旋旋风"，能把地上的灰尘吹得打起转转往上升，所以叫"动地起"，"动"者运转也。这是说天气。下面就说季节，是秋天了。这个"萋"是说草还很茂盛，但是它已经"绿"了。大家可能有疑问：怎么秋天的草还是绿的呢？原来，古人用"青"和"绿"，是分指两种不同的颜色：春天里那种嫩绿的草，叫"青"；绿色转深，都要衰败了，那个才叫"绿"。所以秋天的草是"萋已绿"。这里绿字要读古音"lù"。

"四时更变化"的"更"要读平声，就是文言文说的"赓续"，也就是我们现在说的一个接一个"跟"着来的意思，这是说春夏秋冬一个季节紧接着一个季节，把自然界的景色变化了。"岁末一何速"的"岁末"，是指腊月；这个"一"也是"垫字"。这

[宋] 李公麟《丽人行》

一句是说时光怎么跑得这么快啊，一眨眼又快要过完一年了。这两句是一种铺垫，也是在暗示：光阴过得很快，要做什么事情，一定要抓紧。

诗人要想做什么事呢？接下来他又不说了，绕了些弯子，用了两个典故：第一句“晨风怀苦心”，出自《诗经·秦风》里面的《晨风》，那是表达对朋友的思念，它一开始就是“鴥彼晨风，郁彼北林。未见君子，忧心钦钦。”这个“晨风”不是早晨的风，而是一种鸟的名字，学名叫鹯，属于鹞子一类的，飞得很快；“钦钦”，是形容心头怦怦地跳。从这个用典，我们可以初窥端倪：诗人之“苦心”，可能是苦恋——大概他心头喜欢一个人，又不好直接说，等于是把后面那个“未见君子，忧心钦钦”作为歇后语放在后面，说自己心里头放不下，思念得好苦！下面一句“蟋蟀伤局促”，出自《诗经·唐风》里面的《蟋蟀》，它一开始就是：“蟋蟀在堂，岁聿其莫。今我不乐，日月其除。”蟋蟀本来是在野地里叫的，随着天气变冷，它的叫声就越来越靠近房屋，当蟋蟀的叫声在堂上响起来的时候，就快到岁月之暮，一年又快要完了，让人想到时光过得太快，所以让人“伤局促”。这个“莫”是“暮”的古体。把两句诗连起来理解，我们已经能猜到：诗人在苦恋着某一个人，觉得应该抓紧时间去表白，但他大概是因为有点身份，不便直说，就用这两个典故组合起来，半遮半掩地表达自己的心思。

接下来这两句，更说明他心中是有顾虑的，需要给自己打打气、找些理由："荡涤放情志，何为自结束！"前一句是说应该洗掉心中的顾虑，让自己完全放开；后一句是说不要把自己约束得那么紧。何为"荡涤"？我们洗酱油瓶子那个操作，就是"荡涤"——放进水去，使劲摇晃，希望把里面的积垢彻底洗掉；"放情志"是把自己的情感、志向都放开点，相当于现在说的要解放思想。"何为"就是何必；"结"和"束"的本义是拴疙瘩和捆起来，这里是说没必要让那些尚未荡涤掉的顾虑，来约束自己。显然，诗人很想去做一件事情，又有很多顾虑，需要找些话来为自己开脱，来说服自己。

结果是啥子事情呢？真是想不到！他绕那么些弯子，打了半天的埋伏，原来是要去看一个歌女："燕赵多佳人，美者颜如玉。被服罗裳衣，当户理清曲。"这个歌女是从河北那边来的，长得又好看，穿得又讲究，还把身材显露出来，在她们那个演出场地对着门口边弹边唱。"燕"是河北省的北部，"赵"是河北省的南部，因为那一带在古代是多民族杂居地区，所以出美女。"颜如玉"是说脸上好像羊脂玉一样，又白又细又有光泽。"被"和"服"都是动词，表示"披"和"穿"，穿的什么？是"罗裳衣"。"罗"是一种非常细的纱，编织的孔隙很大，半透明的，能显出女子的体态。"当户"就是对着门口，什么叫"理清曲"？复习功课叫"理书”，头发长了要剪叫“理发”，演奏曲子就叫“理曲”；“清曲”是说那曲子很好听。到了这里我们才明白，诗人原来是为了来到这一个倡伎之家，去看那个他暗恋着的漂亮歌女的演出。

他大概是比较有音乐修养的，能听懂歌曲的感情色彩，还知道乐器的构造：“音响一何悲！弦急知柱促。”前一句是说演唱的歌曲非常悲苦，后一句是说这个曲子的音阶是越来越高。我们讲过，唱的嗓音叫“音”，乐器发出的声音叫“响”。“弦急”是琴弦很紧，“柱促”说明乐曲的弹奏是集中在高音区。本来这个琴弦的弦应该是丝旁，一看就明白是说的乐器上面的弦，简化字就容不下人家，硬要把它废了，让这个弓弦的弦来顶替，一个是乐器，一个是武器，不晓得咋个能够混在一起！让我们要讲半天，才明白那个歌女不是在张弓射箭，是在抚弦弄琴。

这位诗人显然是那个歌女的粉丝，在整个演出过程中，他啥子细节都看到眼睛里头去了，在那里细细观察，细细品味：“驰情整巾带，沉吟聊踯躅。”这就是他对歌女的观察，说她唱的时候感情很投入，表演动作很大，把衣服上的“巾”和“带”都扯歪了、扯松了，演唱结束以后才收拾整理；而她在整理演出服装的时候，感情好像还沉浸在歌曲里边，好一阵徘徊不去。“驰”是奔驰，在这里可引申为奔放，放得开；“巾”是古时候女子服装上从腰间吊到下面的那一片，“带”是在腰间系住“巾”的腰带。“沉吟”在这里就是“沉默”，“沉吟聊踯躅”既是演员的一种作秀，也是对乐曲蕴含的情感作无声的演绎和补充，就是白居易说的“此时无声胜有声”。“聊”者，暂且也，“踯躅”是徘徊不去，屈原的《离骚》最后就有“仆夫悲余马怀兮，聊踯躅而不行”，就是说不走了。

这个时候，这位诗人再也忍不住，终于把自己的心思直说了：“思为双飞燕，衔泥巢君屋。”——我们结婚吧，我不想走了，我来负责把我们的房子修好。燕子双飞，就是爱情的象征。“巢君屋”表面说的是修你的燕子窝，其实他都和人家“双飞燕”了，成了一家人了，所以你的屋也就是我的屋，就是我们成家以后共同住的那个屋。大家看这个粉丝，他想到好远去了！

这首诗的妙处在什么地方？就是当时的知识阶层的少年郎崇拜歌女，就像我们现在的年轻人崇拜歌星，要当追星族，是一样的，古今不殊。但它的表达非常曲折委婉，绕了很多圈子，先说了很多顾虑，给自己找了好些理由，先把诗人的心境情态刻画得活灵活现，最后才来画龙点睛。这才是诗。

第十六讲：古诗十九首·十三

驱车上东门，遥望郭北墓。

白杨何萧萧，松柏夹广路。

下有陈死人，杳杳即长暮。

潜寐黄泉下，千载永不寤。

浩浩阴阳移，年命如朝露。

人生忽如寄，寿无金石固。

万岁更相送，贤圣莫能度。

服食求神仙，多为药所误。

不如饮美酒，被服纨与素。

古代京城中的贵族们，历来喜欢飙车，一直到唐代诗人储光羲都还在写：“大道直如发，春来佳气多。五陵贵公子，双双鸣玉珂。”马的胸脯上吊着玉坠，一跑起来会叮叮当当作响，就叫“鸣玉珂”。这个风气从东汉时代的洛阳就开始了。

“驱车上东门，遥望郭北墓。”这是说到上东门去飙车，结果看到一大片坟墓，这就定下了全诗的情感基调。“上东门”是洛

[明] 徐贲《峰下醉吟图》

阳城十二座城门之一，在东偏北的方向，只有从这里出去，才能“遥望郭北墓”。“郭北”是城外的北方，那里有北邙山，从古代以来就是埋葬死人的地方。“城”和“郭”是两个意思，要结合起来才是一座城市，前者指城墙围起来的里面那一圈，包括其中的街道、建筑，这个叫“城”，所谓“城者，盛也”。城墙的这一圈外轮廓，就叫“郭”。很多人误以为城外还有一个圈圈叫“郭”，理解错了，古人说得很清楚：“城外谓之郭，郭外谓之郊，郊外谓之林，林外谓之埛，埛外谓之野”。那个“城”和“郭”的关系，正如“池塘”这个词中“池”和“塘”的关系，“池”是那其中的空间，“塘”是围成那个空间的周围的堤埂。很多人忽略了对这一类词语的研究，以为池和塘是两个东西，所以古今以来讲谢灵运的诗“池塘生春草，园柳变鸣禽”，都说成池塘中间长满了草，根本就不对，应该是指“池”边的“塘”上长满春草。所以这个词值得特别拿出来讲一下。

从上东门一出去，就看到北邙山上满眼都是坟墓。这时已经是秋天了，是“白杨何萧萧，松柏夹广路”的景色。从华北大地到整个西北地区，一直延伸到俄罗斯，都有在坟墓上栽白杨树的风俗。俄罗斯的传说是如果不栽白杨树，死人的鬼魂就不得安宁，所以赫鲁晓夫说“要在斯大林的坟墓上钉上白杨的桩子”。我们中国的说法更有诗意些，是说白杨树在秋风中会发悲声。因为白杨长得很高，叶片又大，叶柄又长又软，所以会在风中发出“萧萧之声”。“萧萧”的古读音是“hāo”，我们现在不是都还在说“风hāohāo的”吗？这里的“广路”不是马车跑的大道，而是墓道。因为北邙山上葬的达官贵人比较多，墓道留得很宽，还有很多石人石马，两旁栽满了松树和柏树。

这位诗人出城飙车，本来是准备消愁解闷的，却看到满山坟墓，听到一片秋声，就不由得想起了生与死，想起人生的短暂。所以接下来他就设想：如果死人也有感觉，他们的生活是怎样的呢——“下有陈死人，杳杳即长暮。潜寐黄泉下，千载永不寤。”“陈”者久也，“陈死人”就是死了很久的人；“杳杳”是黑暗，其反义词是“杲杲”，光明的意思，这是两个象意的字：日在木上谓之“杲”（太阳升起得很高了），日在木下谓之“杳”（太阳落到地平线以下了）。“即”在这里不作“就是”讲，而是一个动词：改变状态，从这里到了那里，进入一种新的状态了，就叫“即”，所以太子当了皇上谓之“即位”；“既”正好与之相反，是一个过程结束了。请看这两个字的甲骨文字形：左边“即”是一个人正准备要开始吃饭，右边“既”是吃饱了转过头去打饱嗝了，很好懂。这两个字，很多人都用错，

甲骨文 即

甲骨文 既

包括一些专家学者、报刊，都错了。“长暮”者，永久的黑暗也。“潜”的本义是隐藏，这里指埋在地下；“寐”就是睡觉，就是我们说的“眯一会儿”那个“眯”；“黄泉”是古人的想象，认为地底下都有泉水，而华北平原遍地黄土，挖多深都是黄的，所以叫“黄泉”。“寤”是醒来。这几句是在说这些死人的生活状况：躺进坟墓以后，就深睡在地下，进入永久的黑暗之中，再也不会醒过来了。

看到这些长眠不醒的死者，诗人突然有了一种醒悟，觉得宇宙间的一切都不过是在那里循环，而我们的生命就像早上的露水那么短暂：“浩浩阴阳移，年命如朝露。”宇宙中间的一切变化，不就是阴阳二气的循环转换吗？春天来了是阳气回归，到了夏天是阳气鼎盛，然后秋天就带着阴气来了，最后是冬天，天地间充满了阴气。这个循环本来是很抽象的，但他用了形容大水的“浩浩”，写在诗里面就显得生动了。“年命”是说一个生命的寿数“年”是老天爷给的，是由不可知的造物在决定，我们自己不能选择，所以是“命”。“朝露”是为人生的短暂叹息，我们在第三讲中已经说过的：生命短暂得就像早上的露水，被太阳一晒，就挥发、干掉、消失了。

“人生忽如寄，寿无金石固。万岁更相送，贤圣莫能度。”“寄”是什么？就是寄放、暂存；“忽”是什么？就是片刻，高速度地一闪而过。“寿无金石固”和上一讲那个“人生非金石”是一样的感慨；“万岁”在这里指永恒；这里的“更”也要读“gēng”，和那个“四时更变化”的“更”一样，只不过这里“赓续”、“跟着”的，是一年又一年的岁月，把一代又一代的人送走，送到死亡那里去；“度”就是超越。后面这两句是说，这种一批生者送一批死者的现象，是一个规律，不管你是贤人也好，圣人也好，圣明的君主也好，伟大的统帅也好，都无法超越，所以说“贤圣莫能度”。何况你我这样的凡夫俗子，当然更不可能例外，今天还在上东门外飙车，明天就要到北邙山上去睡觉了。李太白也说“夫天地者万物之逆旅，光阴者百代之过客”——“逆旅”就是旅馆，万事万物来到天地之间，不过就像是到世界上来住了一趟旅馆一样。

汉代有一种风气，就是炼丹服药，求长生不老，就像我们现在到处都在宣传吃补药一样。神仙的传说最早出现在春秋时候的齐国，它的沿海地带经常能看到海市蜃楼现象，有时候那里面还有人物、车马在那里往来经过，人们就幻想那些人都是生活在天上的神仙，一定能够长寿。到了汉代，很多人都信这个神话，开始用各种方法去延长生命，叫“修仙术”，搞这种修仙术的就叫方士。这个风气很盛，淮南王刘安就招募了很多方士帮他炼药，结果一样药都没炼出来，不晓得咋个瞎戳戳搞出个豆腐来了，就是我们现在吃的豆腐。这个诗人经过前面那一番思考，想到这些事情其实都靠不住，所以他说："服食求神仙，多为药所误。"这里"服"是服药，就是吃那些什么仙药；"食"是"食气"，就是练习高级的呼吸方法。道家说世界上有两种气，一种叫"沆"，一种叫"瀣"，用深呼吸就可以把它们吸进身体，起什么什么神奇的作用。诗人说那些东西都不可信。

"不如饮美酒，被服纨与素。"这个"被服"也是和上一讲那个"被服罗裳衣"一样的意思，"纨"和"素"都是很精美的丝织品。熟绢叫"纨"，生绢叫"素"，那时候就是最好的衣料。诗人最后的结论就是：与其那样去服食求仙，还不如多喝点好酒，多穿些好衣服，好好享受这些实实在在的人生快乐。

第十七讲：古诗十九首 · 十四

去者日已疏，来者日已亲。

出郭门直视，但见丘与坟。

古墓犁为田，松柏摧为薪。

白杨多悲风，萧萧愁杀人。

思还故里闾，欲归道无因。

这首诗仍然和上一首一样，是在想人的生死问题。

一开始就是一个对比："去者日已疏，来者日已亲。"什么叫"去"？到殡仪馆去；什么叫"来"？到产房里边来。死亡曰去，出生曰来。"日已"我们是讲过的，就是"愈来愈"的意思。什么叫"疏"，疏远，忘记；什么叫"亲"？亲切，亲密。人生就是这样，一个人死去以后，我们就觉得他一天比一天地更疏远了，或许他刚刚死的时候，大家还发吊唁、写文章，表示纪念，再过几年，就渐渐淡忘了，这个就叫"日已疏"。"来"的这些奶娃儿，是我们的下一代，在他慢慢成长的过程中，渐渐和长辈有了交流，感情就越来越深，这就是"日已亲"。这就像我们坐火车旅行，沿途都有人上上下下，对那些中途下车的人，大家先还要议论一下他在车上的表现；很快就有新的客人上车来，坐拢来，慢慢又熟悉起来，热络起来，在这个过程中，大家对那个下车走了的，也就慢慢淡忘了。

“出郭门直视，但见丘与坟。”出了城门一看，只见一片大大小小的坟墓。“郭门”就是城门，这位诗人可能出的是洛阳北门，所以一出去就看到了北邙山的那一片坟墓。“丘”是指那些大坟。我们知道，坟的大小是有等级的，官当得越大，他死后的坟也越大，直到现在都还是这样，坟的大小就往往预示着死者生前的富贵程度。

再仔细一看，呵哟——还有“古墓犁为田，松柏摧为薪”的。有些坟墓，年深月久之后，就没有人来祭扫了，无人来垒新土的坟墓，无论当初多么高大，都会越来越矮小，渐渐就没入平地，农夫不知道这里曾经有墓，就来开垦耕作，古墓就犁成田土了。诸位看这个正体字的“犂”，它是“从牛，从禾，象犁形”，左上是“禾”，就是小米，在这里代表种的庄稼；右上是犁头的象形；下面是牛。它是很形象的。我们从前一首诗已经知道，北邙山上是“松柏夹广路”的，松树和柏树，都是陵墓的一个组成部分，日子一久，当坟墓都“犁为田”的时候，它们也就被人砍去当柴烧了。

这一切都没有了，只有栽种在坟墓上的白杨树，在风中发出一片哗哗哗的响声，好像在为死亡叹息。这一片萧萧之声，使身处其境的人会心生忧伤，为之愁损。这就是“白杨多悲风，萧萧愁杀人”。“杀”就是损。最早造这个“杀”字的时候，是杀一头猪的象形，但在后来的使用中有了多种引申义，在战国时代的《考工记》一书中，它就有了这个“损”的意思了：一根木头从一头到另一头渐渐变细或者变窄，《考工记》上都叫“渐杀”。

“思还故里闾，欲归道无因。”这和前面那一首有差异了。前面那一首的作者，是洛阳城里的贵族，而这首诗的作者显然不是洛阳人，可能是从外地来首都做官或者做生意的，或者是到首都来活动跑官的，想找中央的老朋友、老同事给他安排个好差事。现在看到这些，他就不想了，灰心了，想回家乡了。前面这个“思还”，不能解释成“想回家”，因为后面那一句的“欲归”，就是想回家，如果一连两句都说同一个意思，这个诗人就太笨了。所以我们要找另一种解释。“还”者，“环”也，在这里是说他的思绪萦绕着他的故乡。“里”在古时候就是指居民点，“闾”是“里门也”；在华北平原，居民点之间有一定的距离，后来才把“里”引申为长度单位。“道”在这里不是道路，是指“办法”；“因”就是根据、条件；“道无因”是没有地方去想办法。这两句诗是说：我想回家了，但是一时还没有条件，想不到回去的办法——或者是他还有什么生意没做完？或者他是在衙门里面，请不到假？或者他没有足够的盘缠，凑不够机票钱？……总之他是想回家了，但是又还走不成。

虽然诗人说到这里没有再说下去了，但我们通读全诗，很明显地能读到这样一种情绪：人生是这么变化无常，死了以后也是这样，我却滞留在他乡，欲归不得，真是没有意思——这就是诗歌的“意在言外”，让我们读者自己去揣摩、去联想。

第十八讲：古诗十九首 · 十五

生年不满百，常怀千岁忧。

昼短苦夜长，何不秉烛游！

为乐当及时，何能待来兹。

愚者爱惜费，但为后世嗤。

仙人王子乔，难可与等期。

接连这三首诗，从第十三首到这一首，都是在发生死感慨，都是在说人生的短促。

诗人一开始就嘲笑某一种人，说你们想得太远了——一个人的生命那么短暂，连一百年都不到，去想那么远的、千年以后的事情，干啥子哦！这就是“生年不满百，常怀千岁忧”。历史总有一些理想主义阶段，会有一些理想主义者，他们要想去安排很久以后、甚至是千秋万代的事情，要去“高瞻远瞩”。而这个诗人的想法是，安排得那么远没有用！算了算了，一个人把自己这一辈子活好，就不错了。汉代的很多贵族，都有这种想法。

自己这短短的几十年，该怎么过呢？他说：“昼短苦夜长，何不秉烛游！”古代不像我们今天，有丰富的夜生活，天一黑了就干什么都不方便，点灯的时间都不能太长，因为一般人家都要节约灯油钱。我们小时候都是这样，要趁天还没黑赶快把夜饭吃了，把脚洗了，早早的就要准备睡觉。睡得太早又睡不着，所以就有“昼短苦夜长”的感觉。当然，这位诗人是有钱人，所以他提出的办法就是白天没耍够，晚上点起蜡烛来继续耍，耍他个通天亮。这里的“游”，是游玩、游戏的意思；“秉烛”的“秉”字用得非常好，就是拿手抓住烛台，点起亮来耍。请看这个古文的秉字，造型是很生动准确的：右手从中间伸过去，一把抓住稻禾一类的庄稼，手拿烛台就正是这个样子。正因为这句话写得很生动，所以李太白在他那篇著名的《春夜宴桃李园序》里面说：“夫天地者万物之逆旅也，光阴者百代之过客也。而浮生若梦，为欢几何？古人秉烛夜游，良有以也。”这个“古人”就是指的这位诗人。

篆文　秉

“为乐当及时，何能待来兹。”这是说要耍就马上耍，不要拖，不要等。这里的“为乐”就是制造欢乐；欢乐当然是需要制造的，比如我们要搞一场演出，就需要训练乐队，需要化妆，需要排练，好多事情都需要张罗，所以一场欢乐不是说来就能来的，需要抓紧安排。这就是“为乐当及时”，如果不及时，就不晓得要发生

［唐］刁光胤 《枯树五羊图》

些什么事，说不定还没等你安排好，你人都到另外一个世界去了。“待”是等待，“来兹”就是未来。早在甲骨文里面，就多次出现“今兹”、“来兹”，表示“现在”和“以后”。

“愚者爱惜费，但为后世嗤。”“愚者”就是蠢人，“惜费”是舍不得消费，“后世”指下一代；“嗤”是嗤笑、嘲笑的意思，我们现在表示对某人不以为然，常常发出一个齿间音“chī”，这就是“嗤”，如果继之以笑，就叫“嗤笑”。这两句是说那些傻乎乎的人，舍不得消费，要把钱给后人存起，他才没想到后人不仅不感谢他，还会嘲笑他。我这个人就比较俭省，经常是晚辈们不要的衣服啊这些东西，我就喊他们给我拿来拿来，我捡来穿起用起，觉得上好。人家说你自己去买一个嘛，我就想算了，我这个人一辈子没有给人民做什么贡献，还是少消费点儿算了。或者人家就不以为然：嗨呀那个流沙河，钱都舍不得花，傻的！这就是被“嗤笑”。

“仙人王子乔，难可与等期。”第一句是一个传说故事，说是周朝的时候有一个王子，名字叫“乔”，他看破了世事，就到嵩山去修道，结果在那里见到了神仙，受神仙邀请，骑着一条龙上天去了。这个故事在汉代非常流行，很多汉代墓葬的壁画中都能看到这个主题：或者是乘龙上天，或者变成了一只飞天的白鹤，“羽化成仙”。第二句是说就算神仙这个事情是真的，你我也做不到，不要去期望。“等期”就是“那样的期望”，“难可与等期”就是我们很难像他（王子乔）那样去期待仙人来接我们。说来说去，还是说你们要抓紧耍，赶快消费吧。我看这些诗句，应该拿到现在那些娱乐场所去打广告，让那些有夜生活习惯的人赶紧去耍——“何不秉烛游”；不要怕高消费，要舍得多花钱——“愚者爱惜费，但为后世嗤”。

这首诗所表达的及时行乐的人生态度，是后来的革命者所批判的，说它叫“颓废主义”。革命者的主张是要奋发有为，要面向明天。但这些诗是特定时代的反映。这些有颓废色彩的东西，原因都不在诗人，是社会出现的问题，让人们自然而然要这样去想——东汉经历了西汉末年的社会动乱，后来朝廷上又是外戚和宦官交替专权，争斗不休，朝廷中没有正义，社会上缺乏公平，人们觉得世事难料，无章可循，一切事情都那么难以把握，就难免产生这样一些消极的想法。与其去批评诗人的思想感情不健康，不如去分析那个社会出了什么问题。如果一个社会是欣欣向荣的，又体现了公平正义，人民能当家做主，贫富差距不要拉那么大，社会就会安定、安宁，时代的精神反映在诗歌里头，就自然是积极向上的。如果刚好相反，像这样的诗歌就会流行起来。现在我听到那些年轻人唱的一些很消极、很享乐主义的歌，我就不喜欢。不是不喜欢那些年轻人，是不喜欢那种思想感情。我心头就要想：有问题，这些年轻人接受的教育，他们生活的社会环境，出了问题！

第十九讲：古诗十九首 · 十六

凛凛岁云暮，蝼蛄夕鸣悲。

凉风率已厉，游子寒无衣。

锦衾遗洛浦，同袍与我违。

独宿累长夜，梦想见容辉。

良人惟古欢，枉驾惠前绥。

愿得常巧笑，携手同车归。

既来不须臾，又不处重闱。

亮无晨风翼，焉能凌风飞？

眄睐以适意，引领遥相希。

徙倚怀感伤，垂涕沾双扉。

古诗十九首，从这一首到最后一首，都是闺中妇女思念丈夫的“思妇诗”。当初编辑它们的时候，一定是经过分类的。之所以放到最后，未必是歧视妇女，更可能是编辑者认为这些诗所反映的夫妇人伦、人间之爱，是普遍的、永恒的，所以把它们集中拢来。这四首诗写夫妇感情的委婉曲折，心思细密，非常符合妇女的口吻，但我们还不能据此断言，说作者就是女诗人。因为自古以来，中国诗歌中就有大量男性诗人模拟女性口吻的创作。但可以肯定的是，这些诗确实是用妇女的语气、心态和观察角度，写闺中的相思，而且写得非常之好。

这首诗是写天气冷了，一位家境还不错的家庭主妇，开始惦记她不在家中的丈夫，思念殷切，带入梦境，恍然惊醒以后，就更加伤心。

一开始是岁晚天寒，一片悲凉。“凛凛岁云暮，蝼蛄夕鸣悲。”“凛凛”本身就是寒冷的意思，比如我们常说的“凛若冰霜”，它也可以用来形容季候转寒，气温很低；“岁暮”是一年将尽，也就是寒冬腊月了；这个“云”就是“说”。“蝼蛄”就是我们四川喊的“土狗子”，又叫“油蛄”，叫起来是“咕儿咕儿”的，好像什么东西被拉着旋转时发出的声音，所以在北方又叫“拉拉蛄”。“夕”是夜晚。这两句诗是说：寒气一天天逼人了，提醒着人们一年又快过完了，在这种深冬的晚上，蝼蛄的叫声也特别悲伤。

“凉风率已厉，游子寒无衣。”这里的“率”不是“率领”的“率”，而读“lǜ”，作“规律”讲，“率已厉”就是符合规律地越来越猛烈了。在这样的夜晚里，这位独守空房的思妇，不由自主地想到了出门在外的丈夫，担心他还没有御寒的衣物。古代没有专

[宋] 赵佶 《芙蓉锦鸡图》

门的成衣店，不像我们现在，随便哪个超市都可以去买，古时候不行，季节变换之后，换季的衣物要家里面为他送去。

这个“衣”，不单是指衣服。汉代的时候，身上披的、穿的、戴的，都叫“衣”——内裤叫“小衣”，穿的袜子叫“脚衣”，小娃娃戴的帽子叫“头衣”，盖的被子都叫“寝衣”。这位妇女想给他丈夫送的就是“寝衣”，所以她说：“锦衾遗洛浦，同袍与我违。”“锦衾”是丝织品作被面的铺盖，“衾”字发音同“擒”，是因为被子能把人裹住，就像人被那个被子捉住了一样，所以叫“衾”。“遗”就是送，还是读“wèi”。送到哪里呢？送到洛阳那边。这里用了一个典故：传说洛水中的女神是一位美女，叫“洛神”，很多人都想去见她，她居住的水滨，就叫“洛浦”。这就说明她的丈夫去了洛阳那边。“同袍”在这里是指盖同一床被子的人，“袍”就是被子。“违”是分手，见不着，也就是离得很远。这两句是说，我做好了锦衾，想给那位和我同床共被的人送去，无奈他远在洛阳那边，我没办法送到。

“独宿累长夜，梦想见容辉。”冬夜本来就冷，一个人独宿就更觉得冷，更觉得长夜难熬，不知不觉中，这位妇女把思念带入了梦境，看见自己的丈夫容光焕发。唐诗里面有“塞北征人远未归，城南思妇愁多梦”，就是这种情形。“累”是“更加”；“容辉”是容光焕发。请大家注意，这个“梦”字是造得非常好的，甲骨文的梦字是一个人睡在床上，眼睛还在很快地眨动，就是正处在“快眼动睡眠”之中。“快眼动睡眠”就是在做梦。这个概念在西方是现代研究的结果，但我们的祖先早在三千年前就发现了这个现象，这让我对我们的祖先真是万分佩服！正体字“夢”还保留了这个基本的字义：中间是一个横起的“目”，上面不是草头，而是那两个表示快速晃动的符号，下面的“夕”表明是夜晚。但简化字“梦”把“夕”上面变成了一个树林的“林”，就不可解了，不晓得做梦和树林有什么关系？

接下来四句，都是写梦中的美好情景：“良人惟古欢，枉驾惠前绥。愿得常巧笑，携手同车归。”“良人”是古代妻子对丈夫的美称，就是我们现在说的“郎”；“惟”是思念；“古欢”就是“故欢”，就是从前那个相爱的人。前面说了，她的丈夫一看到她就容光焕发，她就知道丈夫虽然远为游子，还是很爱她的，并没有在外面去寻新欢、包二奶。接着她就谦卑起来，说他丈夫不仅开起豪车来接她，还怕她上车不方便，专门把上车用的挽绳给她递过去，太隆重了，不必如此。“枉”是“枉自费心”，也就是我值不得你这样，这是她表示谦卑，说客气话，就好像说“你何必搞得这么隆重嘛，还开起奔驰来接我”。“惠”是给我，“前绥”是汉代马车上登车用的挽绳。后面两句是说她非常高兴，看着丈夫的笑容实在是很美，希望他就永远这样充满爱意地笑下去，牵着她的手，和她一起坐车回家。“巧笑”就是很美的笑容。

但是，毕竟这些都是梦境中的事情，所以她又觉得有点儿不对了：“既来不须臾，又不处重闱。亮无晨风翼，焉能凌风飞？”丈夫不是远在洛阳当官吗？怎么来得这么快呢？再看那个环境，也不像他办公的宫门里头啊？他又不像《诗经·晨风》里面那种鹞子，不可能有翅膀凌风飞来。“不须臾”是没有多久；“闱”是皇宫的门，“重闱”就是一层又一层的宫门之中，看来他丈夫的官还不小，是在皇宫里面办公的。“亮”通“谅”，也可解作“了解”，就是对他丈夫“无晨风翼”的估计、猜量。这么一猜量，她意识到梦境不真实——这样一想，我们的主角就从好梦中惊醒了。

虽然梦醒了，却又舍不得刚才那个梦，很希望它是真实的，所以她“眄睐以适意，引领遥相希”。“眄”是眼珠转来转去地看，“睐”是定睛细看；“适意”是满足愿望，就是想去确定、重温刚才梦境里的那些事情；“引领”是伸长颈项；“遥相希”是向远处望，“希”就是望。这些都是生动细致地在描绘这位思妇刚刚醒来、还没完全清醒的时候，心思还停留在梦境里面，那种似醒非醒、恍惚迷离的神态和动作，真是写得好！这就像是苏东坡在《后赤壁赋》里所表达的那种情态：苏东坡梦见道士变成一只白鹤，猛然惊醒以后想知道他飞到哪里去了，结果是“开户视之，不见其处”——梦都醒了，还要去找那些梦中的东西。

这样过了一阵，她终于完全醒了，各种各样的难受就涌上心头，诗人是用思妇的动作来反映的："徙倚怀感伤，垂涕沾双扉。"这里的"徙倚"又是一个叠韵连绵词，在这里是形容这个妇女来回翻身，辗转不宁；"扉"是蚊帐的帐门，以前的蚊帐都是从两边合拢来，中间形成"帐门"。我们的主角醒来，这样睡也不舒服，那样靠也不舒服，暗自流泪，就牵起帐门来揩眼泪。很多人不仔细分析诗中情形，把这句诗理解为"眼泪打湿了门扉"，他也不想想——睡在床上做梦的女子，怎么会把眼泪洒到门板上去了呢？这一点是本人细心体会，结合自己的生活观察，才发现的：这个"扉"不是房门、院门，而是"帐门"，这才合理。

我这个人也没有做出什么大的贡献，就是发现了这些很小的细节。也可以自我安慰说：这就算是鄙人的一点点贡献吧。

第二十讲：古诗十九首 · 十七

孟冬寒气至，北风何惨栗。
愁多知夜长，仰观众星列。
三五明月满，四五蟾兔缺。
客从远方来，遗我一书札。
上言长相思，下言久离别。
置书怀袖中，三岁字不灭。
一心抱区区，惧君不识察。

这首诗一开始写自己在寒冷天气中的感受："孟冬寒气至，北风何惨栗。"古人把每一个季节分成"孟、仲、季"三段，"孟冬"、"仲冬"和"季冬"，分别是在阴历的十月、十一月和十二月。孟冬虽然还是初冬，但华北平原和我们四川盆地的气候差异是非常大的，西伯利亚的寒流来得比较早，这个时候就已经寒气逼人了。"惨"是寒流给人的心理感受；"栗"是冻得打抖，浑身起鸡皮疙瘩，这就是生理的反应，诗人只用了一个词，就把两方面的感受都写出来了。

下面这样的句子，没有失眠体会的人是写不出来的："愁多知夜长，仰观众星列。"这个思妇的丈夫不在家，她孤身一人，心中有忧愁放不下，在寒冬之夜更睡不安稳，只有在床上辗转反侧，更觉得寒夜漫长，愁闷难熬，干脆起身走到庭院之中。这个时候夜已经深了，仰头一看，满天星斗。她能看到哪些星座呢？我告诉大家：这是冬季的深夜，她能够看到小熊座、猎户座、天狼星，还可能看见西边天上的织女星，看到"参宿三星"，就是猎户座那个"腰带"位置排得很近的三颗星。一个人失眠了，找不到人说话的时候，抬头看到这满天星斗，会感到一种温暖：就是这些星星，从万古以外的距离，临照着我们，关怀着人间的疾苦。

"愁多知夜长"这样的句子，在我们的诗歌史上，在这里是第一次出现。这样美好的诗句，可以是千秋万代的代言人，我们能够理解它，但是我们想不出这么好的句子，这是古代诗人给我们留下的遗产，也是我们民族的财富，后人会反复使用它。比如苏东坡的"孤村微雨逐秋凉，逆旅愁人怨夜长"，明代《今古奇观》里的"欢多愁夜短，愁重恨更长"，等等，都是从这里来的。

这位妇女仰观满天星斗，情不自禁地就开始计算日期："三五明月满，四五蟾兔缺。""三五"是农历的十五，那是中天月满的日子；"四五"是二十号，已经是缺月将尽的时间了。"蟾兔"是月亮的代称，这里用一个代称，就避免了词汇贫乏，显得单调。蟾是蟾蜍，就是我们成都人喊的“癞疙宝”；“兔”是玉兔，这些都来自我们中国的神话传说。我们仔细看月亮，就能看到那上面有很多阴影，其中有一大一小两片，在天文学上被称为“静海”、“梦湖”的，我们古人就把它想象成一只“玉兔”、一只“蟾蜍”，说它们在月宫里陪伴着寂寞的嫦娥。同样一个月亮，中国人看见，有中国人的神话；希腊人看见，有希腊人的神话。中国人的月宫仙女是嫦娥，在希腊人那里就叫月神狄安娜，但是把她想象成美女，却又是相通的。这两句诗，也是在向读者暗示：她失眠不寐，已非一日，“三五明月满”也好，“四五蟾兔缺”也好，都是诗人以往的失眠之夜的观察，而现在连下弦月都消失了，所以她才能够“仰观众星列”。有的小娃娃不懂常识，写什么“一轮明月，满天星斗”，其实月光很好的时候，能看到的星星就非常少。反之，像这样能够“仰观众星列”的时候，就一定没有明亮的月光了。民歌都晓得“天上星多月不明”。所以，细心地阅读可以让我们考证出很多知识。

接下来的两句，写她收到信了：“客从远方来，遗我一书札。”这里“遗”还是读“wèi”，就是送来；“书札”是信。信为什么叫“札”呢？因为在蔡伦发明造纸以前，写信是使用木板，两块很小的薄木板合在一起，拿绳子捆好，就叫“札”。她没有说信是谁写的，也用不着说，因为这封信里面“上言长相思，下言久离别”——这封信分两段，前一段说的是长久的、无穷的思念，后一段写的是他也在那边计算别离的日子。既然说的都是这些话，那就肯定是她离家在外的丈夫了。那个时候交通不方便，如果隔了两三千里，就像我们现在隔了火星那么远，收到一封远方来信，是很不容易的事情。

夜晚还有人送信来吗？不是——“置书怀袖中，三岁字不灭。”原来，这封来信已经是三年前的事情了！在这三年里面，这位思妇一直把信珍藏在身上，这里的“怀”是动词，“怀袖中”就是放在衣袖里；“三岁”是三年；“灭”是“消失”。这两句诗，明里是说信，也在表白她对丈夫感情之深，不被时间冲淡，尽管已经分别三年多了，她的思念还是像当初一样。而我们也就暗暗替她担了一点心：她的丈夫，长达三年再没给她写信了，这是为什么呢？

这位妇女也在担心。她在上边用自己对这封信的珍惜，表白了自己的感情，下面就是委婉的暗示：“一心抱区区，惧君不识察。”“区区”是很小；“惧”是担忧、唯恐。字面上，这两句诗是她的谦辞，说我的这份感情是我自己放不下的小事，只是担心你体谅不到。但谁都能明白，这也是对她丈夫的一种提醒：我对你的感情是非常深的，你不要小看了，不要以为我在家中一天到黑都在寻消遣，打麻将啊、看电视啊，不是那样的，我思念你是非常难受的，一直就没放下过，你一定要了解，要体察，千万不要忘了！

“区区”为什么有小的意思？我们可以从文字学上来考察一下。正体字的“區”，半包围里边不是一个“品”字，而是代表不同的厨具或餐具，外面这个框框是表示碗柜。我们每家的碗柜里面，不同用途、不同大小的餐具，都是分类陈放的，绝不会混在一起，大碗小碗酒杯汤钵……一定是各放各的，在一个整体中间，各自占一部分，所以就叫“区”，“区别”“区分”就是这样来的。“区”也就有了“小一等”的意思，“区区”就更小了。

如果这首诗确实是一位妇女写的，那当然是很有才情；如果是一个男性诗人模拟的，那就更了不起，因为他不仅把妇女的心情体察入微，而且口吻、细节都非常女性化，把一个思妇的心思都活画出来了。

我们还应该注意到，这首诗也是押的仄声韵，“栗”、“列”、“缺”、“札”、“别”、“灭”、“察”（这里“札”和“察”要读“zhe”和“che”的入声），都是仄声。因为这位思妇，已经长达三年没有丈夫的消息了，她有担心，也有痛苦，但都没有明说，只是一种隐隐的哀怨。短促、低沉的仄声韵脚，更好地表达出了这种感情的压抑。

第二十一讲：古诗十九首·十八

客从远方来，遗我一端绮。

相去万余里，故人心尚尔。

文彩双鸳鸯，裁为合欢被。

著以长相思，缘以结不解。

以胶投漆中，谁能别离此。

这首诗和前一首一样，也是“闺怨之词”。什么叫“闺怨”？因为丈夫久久不归，妇女在闺中有了埋怨之词。什么又是“闺中”呢？现在有一种流行的误解，说是古时候女子一天到黑都关在小院子里面，或者是绣楼上头，那个就叫闺房，不是的。“闺”是你住家的那个小巷子巷口的门。古代的城市，是一条大街两边有很多小巷子，小巷子里面全都是住家户；每一条小巷子的门口，都有一个拱形的门，因为它的形状很像古人执的圭片，所以就叫“闺门”，也叫“闺”。这也是“街”的原义，我们现在还能从这个“街”字的字形上，看出它和“闺”的联系。古代的妇女，不像现在的妇女可以出门走得很远，什么人民商场、摩尔百货，哪里都可以去，她的活动范围基本上就在那条小巷子以内，所以就叫“闺中”。这些都是阅读古诗文需要具备的常识。

这首诗的第一句也是“客从远方来”，和上一首一样，只是带的东西不同，是“遗我一端绮”，就是一段高级的衣料。“绮”是一种丝织品，本身织有图案花纹，不是绣上去的，所以比较昂贵；这种“绮”每一截的长度，从前也是固定的，这个通用的固定长度就叫“段”，“一端”就是“一段”，“绸缎”的名字就是这么来的。怎么又是远方的客人带回来呢？这是因为古时候没有邮政系统，一般人外出，只能托路上碰到的熟人、朋友给家中带信、带东西，所以那个送信送东西回来的人，就只能是来自远方的“客”了。

“相去万余里，故人心尚尔。”这个“万余里”只是极言其远，极言其长，并不是具体的数字，比如“万里长城”就并没有一万里长。“故人”就是“旧人”，指她结婚多年的丈夫；这个“尔”通“迩”，古音“nǐ”，指隔得很近。这两句是说，我的丈夫虽然走了很久，隔得那么远，但是他还记得给我带这么好的衣料（这个料子上的图案也很特殊，后面还会提到），说明他对我的感情很深，他的心离我还是很近的。“尚”就是“还是”。

我怎么处理这段料子呢？“文彩双鸳鸯，裁为合欢被。”这里的“文彩”是“文”和“彩”两样东西，前者指这一段丝织品的

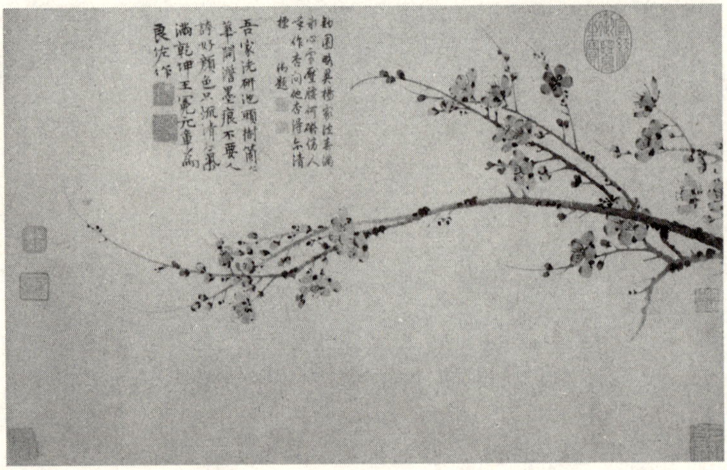

[元] 王冕 《墨梅图》

图案花纹，是一对鸳鸯；后者指色彩，是说上面的色彩不一，有深有浅，所以叫“彩”。鸳鸯都是成双成对的，雌的叫“鸳”，是指性情委婉、很受得委屈；雄的叫“鸯”，是形容它很张扬，所谓“鸯者，扬也”，鸟类的雌雄性情的区别就在这里。鸳鸯很早以前就被古人视为爱情的象征，她丈夫托人带回的料子，上面是鸳鸯图案，这也是一种感情的表达，所以这个妇女就把它用来派了特殊的用场，“裁为合欢被”。“裁”是剪裁，是把一截整的料子剖开，“裁”字从衣，表明它和制作衣物有关，“裁判”、“裁决”等词义，都是从这个“裁”字的本义引申出来的。“合欢”指合欢花，民间叫“夜合树”，是一种高大的乔木，但在植物学上属于豆科植物，它的叶子是一对对生长的，早晨天亮以后，叶子就张开了，而且阳光越好它张得越开，到黄昏的时候，天色暗了，叶片又一对对合拢来，到夜晚就完全合在一起，“夜合树”由此得名。用“合欢”来比喻夫妻，我们都容易理解。那么“合欢被”是什么呢？它不像现在常用的这种长方形的铺盖，而是卷成圆筒形的被子，裹成这种形状有什么作用呢？我就不细说了。这种被子还有一个好处是有利于保暖，如果把它的脚下那头缝拢，就像外国人爱用的那种旅行睡袋。这种被子今天已经失传了，所以以往那些注解这首诗的人，从来没把“合欢被”说清楚，因为弄不懂，这是后来对汉代的考古研究中，偶然发现了这种裹成圆筒形的被子，才恍然大悟：这就叫“合欢被”。

“著以长相思，缘以结不解。”这个“著”是动词，是指给衣服的夹层里面絮上保暖丝绵，因为东汉时候还没有棉花（棉花是南宋以后才传入中国的），只有丝绵。“缘”也是动词，读“yuàn”，是一道工序，就是我们说的“滚边子”，就是用线把边上密密地缝合拢来，这样才能把夹层两边合紧，免得里面的丝绵滑脱。然后还要在这个边子上做好“结”，就是打疙瘩的短绳，那个时候既无拉链，又无按扣，这个圆筒形就用细绳打疙瘩来拴结固定，这就是“缘以结不解”——原来“合欢被”是这样制作的。你们看，读古诗不仅可以让我们欣赏诗歌的美，还可以拿给裁缝作参考，去仿制古代的衣物。这也是诗歌所含的知识性，给我们意外的趣味。现在的女同志都不做针线活了，恐怕都不懂这些东西，所以多说几句。

还要请大家注意，这两句诗都是双关语，都在表达字面之外的另一层意思：我们夫妻是永不分离的，我往里面絮上厚厚的丝绵，也装进了我的相思；我在它的边子上做好结绳，是希望我们“结”成的夫妻“缘”分永远不要“解”了。这种双关的手法很有趣，至今写现代诗的，还有什么“把一片月光夹在书里”呀、“闲时就用月光下酒”呀一类的写法，以为别出心裁，其实古人早就有这样的诗句了。

“以胶投漆中，谁能别离此。”这两句诗，表明这个闺中妇女对她的丈夫很有信心，说自己和丈夫就像胶和漆一样，一旦合在一起，就怎么都分不开了。大家知道吗——熬化了的胶，一旦和漆调和在一起，那是永远都没有办法把它们分开的。“此”就是指这种胶漆融合的状态，“别离”是分开。翻译出来，这两句诗就是：无论发生什么情况，无论外边有多少野草闲花，我的丈夫都不会对我变心！这不是盲目信任，而是爱情。她很含蓄地告诉丈夫：你快点儿回来，我在家中缝好了一床新的合欢被。其他的话她就不说了。全部用的是隐喻。这既是诗歌表现手法的含蓄，也是妇女情感表达的委婉，这才是美。现在那些流行歌曲里面唱的“想你想得睡不着”呀、“爱你爱得想要死”呀，哪里有这种方式的情感表达，来得美呢？

这一床“合欢被”，这一个“胶投漆中”，都是蕴藉很深、意味隽永的。我们至今还在用“如胶似漆”形容夫妇感情好，就是从这里来的。优秀的诗歌为我们造句，为我们建立“公式”，让我们都去“代用”。什么叫一首诗的成功？这就是成功——以前从来没人这么写，而它一旦创造出来，千百年以后都还在用，留下久远的影响，进入了一个民族的文化传统。

第二十二讲：古诗十九首·十九

明月何皎皎，照我罗床纬。
忧愁不能寐，揽衣起徘徊。
客行虽云乐，不如早旋归。
出户独彷徨，愁思当告谁？
引领还入房，泪下沾裳衣。

这一首诗仍然是表达闺中少妇对丈夫的思念。

它从月光开始写起：“明月何皎皎，照我罗床纬。”“罗床”又叫“匡床”，是一种三面都用栏杆或者挡板围起来的老式床。这个“纬”通“围”，就是指匡床三边的围栏。这位思妇月夜难眠，看着月光越来越明亮，入室照床，这就更睡不着了。这样的写法，不仅能增加诗歌的场景美，而且是很符合生活常识的。月夜对睡眠的影响，有生理和心理的双重原因。首先是明亮的月光会形成光干扰，这是物理原因；其次是月光会影响心情，让人更难平静，这是心理的原因。这个心理原因也是有科学根据的。大家知道，海洋的潮汐现象是和月亮密切相关的，月亮的引力在影响潮涨潮落。人的身上，封闭的血液循环系统也是一片海洋，它也会受到月亮引力的影响。据统计，有两类事情在月夜发生得特别多，一是爱情，一是凶杀，因为这两类事情都和激情有关，而月亮会激发人的情感状态。激情难抑，自然就不易入睡，何况诗中的人物又是一位丈夫远行、独自在家的思妇。

“忧愁不能寐，揽衣起徘徊。”“忧”和“愁”是两件事：“忧”是为她出门在外的丈夫担忧，比如他晓不晓得天寒加衣呀？有没有生病呀？路上累不累、吃得怎么样啊？……有种种挂念，这个就是“忧”；“愁”是她自身的焦愁，她独自在家有种种郁闷和烦恼，又无人诉说，所以发愁。“寐”的本义是浅睡眠。忧愁在心，明月在床，她实在无法入睡，只好“揽衣起徘徊”。这个“揽”写得多么细致啊：她就随手一伸，把挂在匡床边上的衣服这么轻轻拽过来，这就是“揽”，它既描摹了这位少妇起床的轻柔和慵懒之态，也让我们知道她在日常生活中是很细心的——要是像我们有些人睡觉，衣服脱了就随手一丢，等你起来的时候就不可能是这么随便一“揽”，那就要“找”，说不定还要东瞅西瞅地找好一阵！读诗需要细心体会，要能够进入诗歌描写的场景，才知道这些动词用得之传神。后面的“徘徊”又是一个叠韵连绵词，是形容这位少妇下床之后最初的动作，是在室内走来走去，绕室踱步。

“客行虽云乐，不如早旋归。”这两句诗写得非常委婉，既是在设身处地替她丈夫着想，又很含蓄地暗示说“还是该早点儿回家”。“客”就是她远行在外的丈夫，因为是远行在外，所以称“客”；旅行在外，是可能会遇到一些赏心乐事的，所以她猜测“云乐”，就是“说起来很快活”，但它前面有一个“虽”字，就是说她要强调的是另一层意思：外面再好耍，还是有种种不方便，毕竟是东飘西荡的，人安定不下来，还是不如回家。“旋”就是车一转，回过头来，这是在劝她丈夫掉头回来，不要再往前走了。

越是这样想，她越是睡不着，又从室内走到了户外：“出户独彷徨，愁思当告谁？”这个“彷徨”也是叠韵连绵词，和“徘徊”是同样的意思，用不同的词汇，是为了避免重复。后一句看似一句问话，其实是叹息和哀伤：我这些忧愁，这样的心情，没有倾诉对象，连自己的父母亲都不一定能够理解，别人更难体会！凡是可以言说的忧愁，都是可以缓解的，唯有这种找不到人说的忧愁，因为无人倾诉，才真要把人愁死了。

“引领还入房，泪下沾裳衣。”“引领”是抬起颈项，是想加快步伐时自然而然的动作，因为她在庭院里彷徨的时候，是心事重重的，自然是低着头的；但她的忧愁和伤心仍然无法排遣，甚至还越想越痛苦，只好赶紧跑回房中。为什么？她太痛苦了，想要痛哭一场，又怕左邻右舍听见，这才赶紧往回走，“还”就是回。回到房中，这下她忍不住了，“泪下沾裳衣”，就是泪水流下来把上下的衣服都打湿了，因为“下为裳上为衣”，足见她流的泪水之多，也就可以想见这位思妇伤心的程度。

我们为什么要读诗歌？因为好的诗歌能帮助我们了解人性的深沉，了解爱情的万古常新，了解爱情的美丽、艰难和痛苦。学习诗歌的目的就在这里。如果一个人满脑壳都是三角几何代数，一天到黑就只知道计算，不懂得人的感情，那个人就实在没有趣味，那样的人可以请来当工程师，不能当你的丈夫。

诗不是教我们怎样生活，而是帮我们理解生活，了解不同性别、不同境况之下，人情的委婉和微妙，认识心灵深处那些似乎难以说清、却又缠绕不去的心绪、情感。这就是诗歌的作用。除此之外，诗歌没有别的作用。以前苏联有个诗人叫马雅可夫斯基，说什么诗歌是“旗帜”、是“炸弹”，那是他乱说，胡扯！啥子旗帜和炸弹哦，那些都是宣传品，宣传只能收一时之效，时过境迁就一钱不值了。唯有这些抒发人类共同的情感、揭示人性的复杂和委屈的诗歌，才能穿越时空，影响不同时代、不同遭遇、不同思想的读者，这样的诗歌才能够不朽。

第二十三讲：曹操《蒿里行》

今天我给大家讲曹操的《蒿里行》。

在开始讲这首诗之前，先要请大家把小说里、电视剧里、包括旧时戏剧里面的那个“曹操”忘掉，因为那里面的曹操只是一个艺术形象，并不是真实的曹操。

艺术首先是供我们娱乐的，娱乐要的是美，这种美当然不仅仅是好看，凡是将人类的精神状态、社会的生活形态用使人感动的方式表现出来，都叫美，艺术就通过这样的美感来娱乐我们。说它是娱乐，并非不重要，但我们要注意到，任何艺术作品，都不可能和真实完全吻合，有时还拉得很远，有些艺术形象，甚至与真实人物几乎变成了两个人。曹操就是这样的一个典型。

实际上有两个曹操。一个，就是我们在电影、戏剧、电视剧里看见的，《三国演义》里面的曹操，那个形象是很难看的。另一个，是通过历史的记载、通过他自己创作的诗歌，所反映出来的曹操。这两个曹操，根本就是两个人。

曹操生活在东汉末年，曾经是个热血青年，“少机警，有权数，而任侠放荡，不治行业”；因为他家庭出身好，有社会地位，所以他后来当了小官。这个时候的东汉政权，已经无法管理天下了，很多地方军阀、豪门大户，都拥有自己的武装，中央政府根本指挥不动。恰好这时又爆发了所谓“黄巾起义”，当时人们把这些头缠黄巾、冲州掠县、打家劫舍的闹事者，称为“黄巾贼”，这些人除了烧杀抢掠，没有任何积极贡献，搞得天下大乱。这样一来，那些地方军阀、豪门大户就打起“剿灭黄巾”的旗号，大肆扩张自己的队伍。曹操也卷入了这场动荡。开始他只有一支很小的武装，但因为他不仅善于打仗，而且思想上比较正统，一直宣布拥护东汉朝廷，使自己在政治上处于非常有利的地位，所以很快从军阀混战中脱颖而出。但他和那些大大小小的军阀有明显的区别，就是他能注意到战争带来的破坏，能想到军阀们这样地打来杀去，最遭罪的是老百姓，几十年战争下来，天下破败不堪，人口急剧减少，到处是一片惨象。他的这种思想感情，我们从下面这首诗里边，就能看出来。

“蒿里行”的这个“行”，不是走路的意思，而是中国古代诗歌的一种体裁，叫“歌行体”，它可供演唱，容易普及。“蒿里”是泰山旁边的一座小山，古代传说中人死以后鬼魂集中的地方，类似于后世的“阴间”和丰都“鬼城”。“蒿里行”是当时流行的一种挽歌，就是送葬的歌。为什么送葬的歌叫“挽歌”呢？因为那时人死以后，要用灵车送葬，灵车两侧留有很多拉车的绳子，死者的

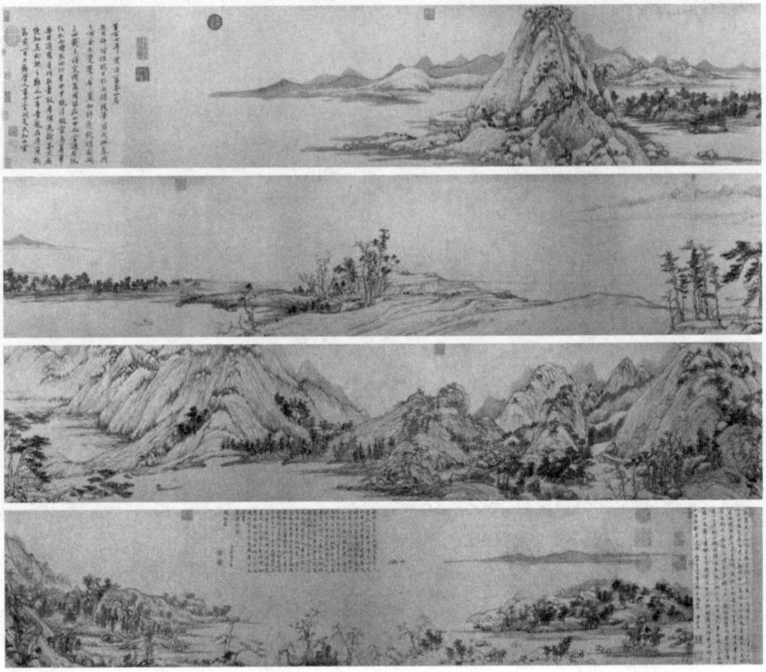

[元] 黄公望 《富春山居图》

亲友就在两边参与拉车，以表示哀悼，这就是“哀挽”一词的来历。拉车的时候，大家要边拉边唱，就叫“挽歌”。挽歌有两大类，供贵族唱的叫“北邙”，供平民唱的叫“蒿里”，各有一定的调式。所以说，曹操的这首“蒿里行”实际上不是诗题，而是相当于宋词的“词牌”，曹操是模仿这种体裁，可能是考虑到他写的这些内容，是和人的死亡有关系，就选择了这个名字。

全诗是这样的：

关东有义士，兴兵讨群凶。
初期会盟津，乃心在咸阳。
军合力不齐，踌躇而雁行。
势利使人争，嗣还自相戕。
淮南弟称号，刻玺于北方。
铠甲生虮虱，万姓以死亡。
白骨露于野，千里无鸡鸣。
生民百遗一，念之断人肠。

一开始的两句，是反映东汉末年的一件大事情。在平定黄巾之乱的过程中，冒出了一个叫董卓的军阀头子。平乱之后，东汉朝廷是宦官当权，为非作歹，有一批官员密谋除掉这些宦官，但秘密泄露，他们自己反而被宦官杀掉了。董卓就以这件事为借口，带兵进入首都洛阳，很快就扩大势力，专擅朝政，甚至废掉了原来的汉少帝，另外立了汉献帝，还裹胁着汉献帝和朝廷官员，把首都从洛阳迁到了长安（就是现在的西安）。各地军阀就以此为借口，联合向洛阳进军。所谓“关东”，指的是潼关以东；“义士”就是这些联合起来的潼关以东的各地军阀；“群凶”指董卓集团。这就是：“关东有义士，兴兵讨群凶。”

“初期会盟津，乃心在咸阳。”曹操在这里用了两个典故。一个是“盟津会盟”，一个是“咸阳争王”。前者是周武王号召天下诸侯联合讨伐殷纣王时，各路人马是在黄河北岸一个叫盟津的地方会合的，在现在的河南省孟津县；后者是秦朝末年农民起义后，被各路军马拥立的楚怀王曾对他们宣布，“先破秦入咸阳者王之”，“咸阳”是秦朝的首都。曹操用这两个典故说明，这一批联合进军的东汉军阀，开初还在口头上打着讨伐无道的旗号，其实各人心里想的都是打进首都去，称王坐天下。曹操这样写，表明了他对这些人的反感，是在谴责他们，至少表明他自己当时不是这样想的。

“军合力不齐，踌躇而雁行。”队伍虽然联合起来了，但是力量没有往一处使，各人都在打自己的算盘，临战的时候都想往边边上梭（四川方言，走，溜掉。）。“踌躇”又是双声连绵词，指心里拿不定主意，这里是形容那些军阀都在心中反复权衡利弊；“雁行”是大雁飞行的特殊队形，除了一只头雁飞在最前边，其他的都在后面跟着头雁慢慢飞，绝不会蹿到前头去。曹操批评这些“义士”心怀鬼胎，打起仗来不齐心协力，总是磨磨蹭蹭地跟在后面。

“势利使人争，嗣还自相戕。”这些人争的是什么呢？势利而已。“势”是军事上有利的形势，“利”就是利益，对这些军阀而言就是占领最富庶繁华、最有搞头的地方；“嗣”是后来，“还”是“还是”，“自相戕”就是内战。曹操是说这一批军阀，对董卓这样的“群凶”打起仗来徘徊不前，为势利而争的时候却是毫不客气，最后的结果，是互相之间大打出手，根本就顾不上去打董卓了。这就是那些“义士”的真面目。

这批军阀中，当时势力最大的是袁绍和袁术，他们是族兄弟，却互不相容，打得你死我活。这些军阀一旦要争权夺利，那是六亲不认的，就像我们四川二十世纪三十年代初，刘湘和刘文辉一样，他们本来是两叔侄，结果照样打得冤冤不解的。在袁氏兄弟互相征讨的过程中，袁术打下了淮南（现在的安徽一带）以后，就等不得了，忙慌火气（四川方言，急急忙忙）地就宣布自己拿到了什么“传国玉玺”，该自己当皇帝了，还在安徽寿春正式搞了个登基仪式。这下袁绍也稳不起（四川方言，稳不住，坚持不住）了，也悄悄喊人为他刻了一个同样的“传国玉玺”，也想找机会宣布登基当皇帝。“淮南弟称号，刻玺于北方”这两句诗，就是曹操用这两件事情，来概括这批“义士”暴露真面目以后，当时东汉天下的一片乱象。

这个所谓的“传国玉玺”，是秦始皇留下来的一个大祸害。那上面刻了八个字，是秦始皇自己拟的，他的宰相李斯帮他写的小篆：“受命于天，既寿永昌”。就是说秦始皇能够当皇帝，是老天爷安排的，这种安排一定下来，不仅他本人要长命百岁，他的统治也会永远昌盛。中国文化当中很落后、很可怕的东西，就在这八个字里面：秦始皇明明是用暴力抢夺的天下，却要说成是自己受命于天，而且还想不死，天天让人家喊他万岁。中国过去那些大大小小的野心家，做的都是这个梦。后来一千多年，所有的野心家都盯着这个东西，只要是天下大乱，他们就要千方百计去抢这个“传国玉玺”，要去“打江山、坐江山”，这样打来打去，不晓得造成了多少生命财产的损失。这样的争夺，写进《三国演义》好像很精彩，但在曹操的笔下，却是这样一番惨相——

“铠甲生虮虱，万姓以死亡。白骨露于野，千里无鸡鸣。”铠甲是冷兵器时代打仗的将士用来防身的，把一小块一小块的熟铁片穿织在一起，像鱼的鳞甲，所以又叫“甲”。“虱”是虱子，一种吸血寄生虫，人身上或者衣服上的汗渍、污垢久了不清洗，就要长虱子；“虮”是虱子产的卵。“万姓”就是“百姓”。这四句诗是说，将士们长期征战不得休息，身上穿的铠甲都长了虱子，无数老百姓在战争中死去，连掩埋死尸的人都没有了，荒野之上到处暴露着死人的尸骨，走很远很远都看不到一户人家。因为那时候没有钟表，老百姓要靠公鸡打鸣来掌握时间，所以家家户户都要养鸡，“千里无鸡鸣”，也就意味着没有人烟了。这就是战争的惨相！

“生民百遗一，念之断人肠。”“生民”是活着的人，“百遗一”就是百分之九十九的都不在了，不是死去了，就是逃亡了，或者被哪一支军阀的部队拉去打仗去了。看到这样的景象，想到天下的惨状，曹操的感受是“念之断人肠”，就是难过得心都揪紧了，好像肠子要扯断了一样。

我们没有理由怀疑曹操写这些诗是在装假，因为他没这个必要，不像现在，有些人不免要做些假，写些违心的话去讨好领导、换取利益。曹操当时用不着讨好谁，也不可能拿这篇诗歌去卖钱，或者去评个什么奖，所以我们只能认为他写的是自己的真情实感，对战争带来的破坏，他是非常痛心的。

曹操已经死了，他无法替自己辩护，随便后世那些文学家、戏剧家往他脸上怎样涂抹白鼻梁，把他说成一个“奸雄”，他没有办法洗刷，但曹操的这首诗，这首在中国的诗歌史上永远存在的诗，在替他辩护。曹操用自己的诗来揭露军阀，描写惨状，哀怜百姓，控诉不义之战，这样一种情怀，是那个时代所有的所谓“英雄豪杰”都没有的，它能够让我们在千载之后，了解曹操的思想和人格，让我们永远尊敬这个叫曹操的诗人！

最后要说一下两个字的古读音。“兴兵讨群凶”的这个“凶”要读“xiuang”，平声；“千里无鸡鸣”的这个“鸣”要读“máng”。也就是说，全诗的押韵是非常严谨的。

第二十四讲：曹植《送应氏·其一》

步登北邙阪，遥望洛阳山。
洛阳何寂寞，宫室尽烧焚。
垣墙皆顿擗，荆棘上参天。
不见旧耆老，但睹新少年。
侧足无行径，荒畴不复田。
游子久不归，不识陌与阡。
中野何萧条，千里无人烟。
念我平生亲，气结不能言。

曹植是曹操的小儿子，他的诗比他父亲写得好，也写得更多。据说他天资聪颖，十岁的时候就很会写文章，才华出众。按现在的话说，他本来也算是“太子党”，但是他没有政治野心，不要说当皇帝，恐怕连个科长都不想当。因为像他这种人，具有那么高的才华，平时受到的各种夸奖和赞美，足以让他获得人生的成就感，不需要去当个什么官来出人头地。而且，曹植和他那个后来当了皇帝的哥哥曹丕不同，他“为人简易”，作风很随便，平易近人，一点也没有“太子党”的架子，平时穿旧衣服、坐旧车子，他都满不在乎，对物质享受看得很淡。一般说来，优秀的诗人可能都是这样。

这首诗，是曹植跟随曹操远征，路过洛阳，写来送给两位姓应的朋友的。曹操养了一大批文人学士，这些人和曹植的关系也很好，就像朋友一样。应氏兄弟也在其中。我们已经知道，洛阳城北的北邙山是一片大大小小的坟墓，洛阳城里的人，一般死了以后都是葬在北邙山一带，所以东汉时有个流行的说法是“生在洛阳，死葬北邙”。曹植送应氏兄弟时，登上了北邙山，眼前所见，让他十分感伤，就写了这首诗。

“步登北邙阪，遥望洛阳山。”“登”是爬山，“阪”就是山坡，我们南方叫山坡，北方就叫“阪”。曹植登上北邙山，回头一望，洛阳城四周大大小小的群山都被他收在眼底。其实那些山都很小，如果放在我们四川，根本就没有资格叫山，只能算小土坡。洛阳地处华北平原，这些小土坡也就都叫山了。

从周朝起，历经秦汉，洛阳都是重要的大都会，还是东周和东汉两朝的首都，城中修了很多宫殿，非常繁华，我们在讲古诗十九首·其三（青青陵上柏）的时候，就已经介绍过。但是此时的洛阳，经历了数十年战乱，特别是董卓迁都长安时放了一场大火，把整个洛阳城及周围的宫殿建筑物全部烧毁，所以曹植看到的是“洛阳何寂寞，宫室尽烧焚”（“焚”在这里要读“fán”）。什么叫

“寂寞”？一片破败，人烟稀少，冷冷清清，残破不堪……我们看《三国演义》，好像打来打去非常精彩，但历史的真实却是这个样子。那种你争我抢的天下大乱，给国家和社会造成的破坏，是非常惨重的。什么叫“尽烧焚”，就是烧毁完了，一点都没留下。本来这个正体字的“盡”是很容易理解的：下面是个器皿的“皿”，上面是一只右手，正拿着一个刷子在那里刷，而且还在滴水，一看我们就懂了：人家已经洗碗了，吃喝的场合都结束了。所以不要看着它笔画多，其实很好懂、很好记。现在一简化，我就不懂了，我不晓得为什么“尺”下面挂两个点点，就表示“尽”了、完了、end了？拿草书笔法教学生认字吗？

经过战火破坏的洛阳城，究竟“寂寞”到什么程度、变成了什么样子呢？“垣墙皆顿擗，荆棘上参天。不见旧耆老，但睹新少年。”“垣”是庭院最外缘的那一圈墙，比如一个院子里，房子的墙体叫“墙”，而院墙就叫“垣”，这是二者的区别。“顿”是垮塌；“擗”是破裂；荆是黄荆，棘是酸枣，这里用来泛指各种野生植物；“参天”就是长得很高，好像都撑到天上去了；“耆”是六十岁以上的老人。这四句是说：眼前的洛阳城中，墙垮了无人去修，裂缝的地方无人去补，荆棘疯长，也无人去割除，城里都只有年轻人了，一个老人都看不到。老人到哪里去了？洛阳城几经劫难，老人都死光了！

这个“参天”的“参”是个假借字，所谓假借，就是写了别字。它本来是名词，古音“shēn”，表示“参星”，就是西方天文学中的“猎户座”。正体字“參”上面的三个三角形，就表示猎户腰带位置那三颗最亮的星。作动词的“参”（读“cān”）已经是它的引申义了。因为文字的发展，有一个由少到多、由笼统概略到精确区分的发展过程，当某一个意思已经在口头形成，还没有现成文字来表达时，往往就会借一个发音相近的字来代替，这个现象，在文字学上就叫“假借”，借以解决“有声无字”的问题。这里的“参”就是被借用来表示当时还没有造出来的“撑”字的。

这后面两句还有一个特点，要请大家注意：它是对偶句。“不见”和“但睹”、“旧”和“新”、“耆老”和“少年”，都是对偶的。在东汉以前，对偶句出现得很少，还属于对偶句的初级阶段，比如这里最后的两个词，就对得还不够工稳。对偶句要到陶渊明的诗歌中才开始大量出现，是东晋南北朝以后，诗歌的对偶句才成为一种普遍应用的表现手段的。

“侧足无行径，荒畴不复田。游子久不归，不识陌与阡。”“侧足”是只能放下一只脚；“无行径”是没有可供行走的道路；“荒畴”是荒芜了的田地；“游子”指长期逃难在外、现在刚刚回来的那些洛阳人；“陌”和“阡”分别是东西向和南北向的道路，这里是指洛阳城中原来那些纵横交错的街道。这四句的意思是说，洛阳城中一片残破，田地荒芜，野草丛生，无路可走，只能一步一步往前探行；那些流落在外时间稍长的洛阳人，回到这里来，已看不到一条熟悉的道路，连方向都无法分辨了。只有身临其境的人，深怀感伤，才会把战争以后的这种荒凉和破败，写得如此触目惊心。可能有些年轻朋友会有怀疑：怎么城里面会有“田畴”呢？不奇怪。远的不说，就是我们成都市，在“文化大革命”以前，城里面都有很多菜田、麦地，很多地方都是青油油的，后来是兴起搞开发了，搞得所谓“寸土寸金”，城里的这些风光才渐渐消失的。

前面都是写洛阳城中的情形。接下来两句，曹植放眼远望，愁绪茫茫。他看到了什么呢？“中野何萧条，千里无人烟。”“中野”是倒装，就是“野中”，荒野之外的意思。“萧条”又是一个叠韵连绵词，“何萧条”是发出的感叹：“那是怎样的萧条啊！”曹植为什么如此感慨呢？因为眼前是一片“千里无人烟”的凄凉景象。过去没有煤炭、天然气，只有柴火这一种燃料，无论烧水做饭，一烧火就要冒烟，有活人的地方就有炊烟，所以叫“人烟”。“千里无人烟”，就说明曹植放眼望去，从原来的首都郊外，延伸到很远很远的地方，视野里是一片荒凉，没有一户人家，没有一点生机了！

“念我平生亲，气结不能言。”“平生亲”是指自己这一生所结识过、交往过的所有亲人、朋友，包括我到过的、亲近过的那些地方；“气结”是出气都不顺畅，好像打了疙瘩一样。这是曹植目睹了满城破败、满目荒凉之后，想到了自己的亲人、朋友，想到他们在这样的战乱年月所遭受的种种艰辛和苦难，他为亲友们难受，为故乡田园难受，心情郁结，连气息都紧促了，一句话也说不出来。有的版本，这一句是“念我平常居”，没有这个“平生亲”好。

曹植在这首诗中，对战争造成的巨大破坏，对它给国家和社会带来的严重恶果，还有他内心的痛苦，都不加任何掩饰，真实地反映了一个纯正的诗人对战争的谴责。对遭受战火摧残的老百姓，他是满怀怜悯和同情的，这是一种慈悲情怀，也是一种良知。古往今来那么多诗人，还没有哪个歌颂战争“打得好”、“打得稀巴烂才安逸”！要是那样写，人家会说你丧失人性，没有良心。对于任何战争，我们都要谴责它的残酷性，这是一个基本的立场。李白说“乃知兵者是凶器，圣人不得已而用之”。比如“二战”，打德国、打日本，也很残酷，也要死很多人，最后还要丢原子弹，一颗下去就要死十几万人，那是为了正义战胜邪恶，避免人类遭受更大的苦难，是“不得已而用之”。但是从原则上说，我们首先应该避免一切战争。

战争被写进小说、搬上舞台、搬上屏幕的时候，或者还没开始、双方提虚劲儿的时候，可能很好看，说起也很带劲：打哦，充好汉哦，不达目的誓不罢休哦……但是我们千万不要忘记：战争必然带来惨剧！看看这些诗嘛——那种惨不忍睹的场面，就是战争的必然结果。轻率发动战争，一定会导致悲剧，无论对交战的哪一方来说，都是悲剧。

图书在版编目（CIP）数据

流沙河讲古诗十九首 / 流沙河著. — 成都：四川文艺出版社, 2017.8

ISBN 978-7-5411-4290-1

Ⅰ. ①流… Ⅱ. ①流… Ⅲ. ①古典诗歌—诗歌欣赏—中国 Ⅳ. ①I207.22

中国版本图书馆CIP数据核字（2016）第085006号

LIUSHAHE JIANG GUSHI SHI JIU SHOU

流沙河讲古诗十九首

流沙河　著
石　地　整理

责任编辑　周　轶
封面设计　今亮后声
内文设计　最近文化

出版发行　四川文艺出版社（成都市槐树街 2 号）
网　　址　www.scwys.com
电　　话　028-86259287（发行部）　028-86259303（编辑部）
传　　真　028-86259306

邮购地址　成都市槐树街 2 号四川文艺出版社邮购部　610031
排　　版　四川最近文化传播有限公司
印　　刷　河北鹏润印刷有限公司
成品尺寸　166mm × 235mm　1/16
印　　张　10　　　字　　数　100 千
版　　次　2017 年 8 月第一版　　印　　次　2017 年 8 月第一次印刷
书　　号　ISBN 978-7-5411-4290-1
定　　价　36.00 元

文治 wenzhi
微博：http://weibo.com/wenzhitushu
小站：http://site.douban.com/wenzhi

做好书